소중한 마음을 가득 담아서

_____ 님께 드립니다.

하노이
소녀
나나

한국청년 초이와 하노이소녀 나나의 달달한 사랑 실화 이야기

하노이 소녀 나나

초판 1쇄 인쇄 2017년 12월 4일
초판 1쇄 발행 2017년 12월 11일
지은이 초이

발행인 임영묵 | **발행처** 스틱(STICKPUB) | **출판등록** 2014년 2월 17일 제2014-000196호
주소 (10353) 경기도 고양시 일산서구 일중로 17, 201-3호 (일산동, 포오스프라자)
전화 070-4200-5668 | **팩스** (031) 8038-4587 | **이메일** stickbond@naver.com
ISBN 979-11-87197-26-3 (03810)

[원고투고] stickbond@naver.com
출간 아이디어 및 집필원고를 보내주시면 정성스럽게 검토 후 연락드립니다. 저자소개, 제목, 출간의도, 핵심내용 및 특
징, 목차, 원고샘플(또는 전체원고), 연락처 등을 이메일로 보내주세요. 문은 언제나 열려 있습니다. 주저하지 말고 힘차
게 들어오세요. 출간의 길도 활짝 열립니다.

스틱스탠드 S039 | 표지 (주)삼화 아이엠피 랑데 210g/㎡ | 본문 (주)삼화 미색 백상지 100g/㎡

초이 지음

하노이
소녀
나나

STiCK

차례

O

안녕하세요. 초이라고 합니다

—응? 책을 내자니 무슨 소리야?

친한 작가 친구가 제 글을 읽고 손가락을 딱 튕기면서 "형 이거 책
나올 수 있어요."라고 했을 때 얘가 별소리를 다 하는구나, 라고 생각하
며 콧방귀를 뀌었습니다.

모 사이트에 저의 소소한 이야기를 재미 삼아 연재를 하였고, 원래
5화 이하로 쓰려고 했던 글은 의외로 인기를 받게 되어서 13회에 걸쳐
길게 쓰게 되었고, 몇몇 팬레터(?)도 받아 보았고, 많은 응원도 받았지
만 책을 내어 보자, 라는 생각은 꿈도 꾸지 않았습니다.

—형. 이거 책 나올 수 있을 거 같아요. 진짜 잘 썼네. 형 소질 있네!

평소 칭찬이라곤 눈곱만치도 없던 그 친구의 칭찬을 들었을 때, 그날 커피숍에서 커피는 누가 계산했던지 생각하였습니다.

흠….

계산, 얘가 했는데? 이상하다. 내가 커피를 얻어먹고서도 이런 말을 들을 수가 있나?

— 진짜 책 나올 수가 있어? 그게 그렇게 쉬워?
— 푸헤헤! 절대 그렇지는 않죠.

핸드폰으로 저의 글을 다시 한 번 쭉 보면서 그 친구는 말했습니다.

— 근데 실화라서 그런지 참, 사람을 끌어들이는 매력이 있네. 형. 내가 도와
  줄게요. 한번 도전해봐요.
— 에이 그러다가 괜히 설레발치고 기대만 잔뜩 갖다가 흐지부지….

아아아! 그 친구는 손가락을 세워서 그만 말하라는 신호를 보내면서, 누군가에게 메시지를 쓰기 시작했습니다.

— 나 지금 평소 알던 출판사 대표한테 이 글 링크 보내 주었어요. 괜찮으
  면 답 오겠지. 뭐.

와 무서운 추진력.

— 이왕 하는 거면 확실히 해봐야지! 후후후!

그날 늦은 밤. 그 친구가 그 출판사 대표님의 답장을 캡처해서 보내왔습니다.

밤늦게 죄송해요! 작가님! 근데 이 글 너무 재밌어서 아침까지 못
기다릴 거 같아 지금 메시지 보내드려요! 내일 아침에 전화 드릴게요!

— 거 봐요. 된다니까?

신기했어요. 주위 친구들이야 뭐 그렇다 치고 전문가의 입에서 저런
반응이 나오다니. 그날 밤에 많은 생각을 했습니다. 이 글을 책으로 내
도 괜찮은 걸까? 이 나라에 책 한번 내고 싶어 매일 밤을 글에 매달리
는 문학도들이 얼마나 많은데, 그저 끼적이다시피 했던 나의 글이 그들
을 욕보이거나 하지는 않을까?

이런저런 고민도 많이 했습니다. 그런 고민을 그 친구에게 털어놓았
고요.

— 형. 형이 하고자 하는 이야기가 이 글에 확실하게 있잖아요. 이 글은 그
저 형의 단순한 사랑이야기는 아니지 않아요? 형이 사람들에게 들려

주고 싶은 이야기, 이 기회에 확실히 보여주면 되잖아요.

흠 그래요. 처음엔 그냥 "야, 나 이런 일이 있었다?"라고 가볍게 썼던 이야기가 조금씩 저의 생각이 더해지고, 저의 사랑이야기만은 아닌 다소 생각이 있는 글이 되었습니다. 그로 인해 이 글을 읽는 사람들의 마음을 움직일 수 있다면 좋겠다고 늘 생각했었고요.

그래서 저는 용기를 내기로 했습니다.

비록 그 친구가 보낸 출판사 대표님과는 작업하진 못하였지만, 운이 좋게도 몇몇 다른 출판사에서 연락이 왔고, 그중 제 이야기를 가장 많이 보시고 좋아해 주신 출판사와 미팅을 하였습니다.

조그만 사무실에 앉아 있는데 이게 뭐라고 긴장이 되더군요.

찻잔을 내어 오신 대표님과 마주 앉아 어색하게 명함을 주고받으며, 과연 난 여기서 무슨 말을 해야 하나, 라고 어버버거리고 있었습니다. 그때 출판사 대표님이 물어보셨죠.

―하노이에서 있었던 이야기 조금만 들려주시면 안 될까요?
―예?
―아 많이 들려주시면 좋구요. 하하하. 책에 많은 도움이 될 겁니다.

대표님은 노트를 펴서 저의 말을 메모하실 준비를 하였고, 전 멍하게 그 노트를 바라보았습니다.

저도 모르게 웃음이 푸푸 하고 낫지요. 참 이런 일이 생길 줄이야….

억지로 머릿속을 되감지 않아도, 천천히 아주 조금씩 생각나기 시작했습니다. 한꺼번에 많은 것을 내어 놓지 않고 하나씩 꺼내 보려고 "어떤 이야기를 들려 드리면 될까요?" 하면서 사무실 천장을 조금 바라보다가….

입을 열었습니다

― 흠……. 저는 보시다시피 평범한 30대 중반의 남자입니다.

1

저는 36살 평범한 남자입니다

저는 36살 평범한 남자입니다. 평범한 외모에 평범한 직장, 그리고 특출나게 잘하는 것도 없습니다. 아! 평범하지 않은 게 하나 있다면 연애가 참 잘되지 않았습니다.

저는 연애를 잘 못하고요. 그리고 그것 때문에 가슴앓이도 많이 했습니다. 오랫동안 좋아했던 사람이 있었는데 그 사람이랑 잘되지 않아서 한참을 가슴 아파했었습니다.

영원히 그분과 함께하고 싶은 나의 마음과는 달리

그분은 나를 그저 좋은 사람으로밖에 봐주지 않았었고,

그렇게 진전되지 않던 사이에,

그렇게 우린 헤어졌고,

그래서 난 많이 힘들었고,

그런 채로 그분에게서 도망치듯이 이곳 베트남 하노이로 왔습니다.

아, 물론 일하러 왔습니다! 마침 좋은 조건의 프로젝트가 생겼거든요.

흠… 사람들이 자주 물어봐요.

외국에서 일하면 타국에서 싹트는 로맨스는 없느냐고.

안타깝게도(?) 여기서 지내는 다섯 달 동안 그런 일은 일어나지 않았습니다.

소위 그런 목적(?)의 외국인들과 현지인들이 자주 모인다는 클럽, 카페, 바도 지나가다 스윽~ 쳐다보기만 했지, 저길 가봐야지 라는 생각이 들지도 않았어요.

물론 내가 돌아다니는 걸 딱히 좋아하지 않아서 일지도 모릅니다.

혹은, 이별한 지 얼마 되지 않아서 인지도 모르죠. 아직 그녀가 생각나서 일지도 모르고….

힘들지 않은 티를 내려 여러모로 많이 웃고 더욱 떠들어 보려고 노력했지만, 얼굴에 다 쓰여있었나 보더라고요.

친절한 현지 직원들은 늘 내 걱정을 해 주었습니다.

정말 미안할 정도로 날 혼자 있게 두지 않았어요….

덕분에 이곳저곳 많이 다녔죠.

때마침 한국에서 교수님 두 분과 협력업체 회사 실장님이 합류했습니다. 그래서 저녁마다 그분들과 그동안 하지 못했던 한국어를 마구 써가며 웃고 떠드느라 옛사랑을 생각할 겨를이 없었습니다.

뭐… 그렇게 생각하고 있었는데…

출퇴근마다 듣는 MP3에 발라드를 건너뛰고 있는 나 자신을 발견했을 때 '정말 잊으려고 발악하고 있구나! 나는…' 이런 생각이 들었습니다.

나도 모르게 애절한 사랑노래를 듣고 싶지 않았던 나는 비트가 강력한 세상 비판 힙합을 들으면서 몇 날 꼬박 밤을 새웠죠.

많이 괜찮아져 가고 있었어요. 그때 때마침 내 이별 소식을 들은 현지 마담뚜(?) 분들은 득달같이 나에게 달려들어 소개팅 건수를 마련해 주었고, 난 거절하느라 진땀을 꽤나 뺐었습니다! 허허허~.

내 주제에 왜 거절을 하느냐고 물을지도 모르겠지만, 소개팅을 받길 원하는 여성분들의 목적은 그저 내가 외국인이라는 이유여서였어요. 정말 미안했지만, 그들에게 그저 외국인을 만나고 싶다는 호기심으로 시작되긴 싫었거든요.

오지랖이 좋으신 우리 실장님은 나보고 베트남 여자 안 좋아하네, 배가 불렀네 하며 혀를 쯧쯧 차셨지만 나도 아닌 건 아니었으니까. (최근에 알게 되었지만, 나의 이별 소식을 들은 실장님이 의기소침해져 있는 모습을 보고 나를 위해 여기저기 부탁을 하셨었다고 했습니다.)

자주 가던 카페가 있었습니다. 회사 바로 앞 커피숍인데 크지 않아요. 근데 발코니도 있고 비가 오면 천막 위로 떨어지는 빗소리가 좋아서 자주 찾던 커피숍입니다. 물론 망고 주스도 맛있었고요. 주로 업무 후, 오후쯤에 집에 가기 전 자주 찾던 커피숍이었는데, 그날은 처음으로 한국 멤버분들과 함께 아침 일찍 카페를 찾았습니다.

베트남은 아침이 부지런합니다. 업무는 8시 시작이고요.

모든 커피숍 오픈은 보통 아침 6~7시입니다. 그리고 한국과는 달리 오전이 가장 분주한 시간이죠. 다들 하루 시작을 커피로 시작하니까.

그런 북적거리는 사람들 틈에 우린 자리를 잡았고, 성격 좋은 주인아주머니는 우리를 웃으며 반겨 주었고, 누구를 부르면서 메뉴판을 가져달라 말했습니다.

그렇게 한 작은 소녀가 나에게 다가왔습니다.

2

그녀는 평범한 하노이 소녀입니다

소녀는 종종걸음으로 메뉴판 들고 우리 쪽으로 왔습니다.

그때 저는 관심이 없었습니다. 아이고 멍청하게도 그때 헤어진 그 사람 생각하느라 딴 여자는 눈에도 들어오지 않았죠.

그렇게 그 소녀가 메뉴판을 주고 카운터로 돌아가는데 그때 실장님께서 한 말씀 하시는 겁니다.

— 저기 알바생 너무 귀엽게 생겼다.

옆에 계신 교수님도 한 말씀 하셨습니다. 그 교수님도 실장님만큼 오지랖이 넓으십니다.

— 이야 그러네요. 진짜 내 스타일이네…. 정말 딸 삼고 싶은 친구네요.

저는 그렇게 극찬(?)을 하는 소녀를 궁금해서 한번 힐끗 쳐다봤습니다.

키는 조그맣고 얼굴은 동글상.

베트남 분들치고는 하얀 피부에 머리를 질끈 뒤로 묶은 귀여운 소녀가 눈에 들어왔습니다.

근데 완전 어린이입니다. 중학생 정도 나이로 보였습니다. 많이 나이 쳐 줘 봤자 고딩?

화장 하나도 안 한 얼굴에, 빨간 점퍼, 약간 느슨한 청바지를 입고 있었습니다.

그렇게 쭉 보다가….

너무 어려 보이니까 금방 고개를 돌리면서 사람들에게 말했습니다

—어린애 같지 않아요? 너무 어려 보이는데?

—그래도 20살은 넘었을걸?

—에이 말도 안 돼….

—최 팀장님. 내기할래요? 여자의 감을 무시하지 마!

저는 진지하게 다리를 꼬면서 도전을 받아들였습니다.

—커피?

—콜!

옆에 계시던 교수님이 한마디 거듭니다.

─아유 이쁘다….

첫눈에 반한 듯한 그 교수님의 리액션을 무시하고…
조심스레 그 소녀를 불러 보았습니다.
(지금부터 그녀와 저의 대화는 100% 영어입니다.)

─저기요?

─네?

─저기 영어 할 줄 알아요?

─네??? 아… 조금…

─학생이세요?

─네…? 네…

─여기 근처 학교?

─아뇨 그건 아니고… 좀 멀어요.

─나이가 몇 살이에요?

─22살입니다. 곧 대학교 졸업해요.

　모두들 토끼 눈을 뜨고 놀라 했습니다. 의외로 나이(?)가 많은(???) 그 소녀에게 모두들 한국어로 쑥덕거리기 시작했습니다.

　부끄럼 많은 소녀는 우리 곁에서 영문도 모른 채 얼굴에 웃음만 가득 머금은 채로 멀뚱히 우리를 보고 있었죠. 아줌마이신 우리 실장님이 한국 스타일 아줌마 극성을 부리셨습니다.

　엄지손가락을 지켜 세우며 "너~ 너무 어리고 이쁘다~~~."를 큰소리로 연발하셨습니다.

교수님도 엄지를 치켜들며 거드셨죠.

— 내 스타일이야….

여전히 아무런 영문도 모르고 이상한 한국인 무리에게 붙잡힌 채 카운터로 가지도 못하고 웃음만 얼굴에 띄우고 있는 그 소녀에게 제가 말했습니다.

— 우리 실장님께서 그쪽이 참 어리고 이쁘다고 하네요.

소녀는 얼굴이 빨개져서 손으로 입을 가렸습니다. 몇 번 우물쭈물하다가 실장님을 가리키면서 "저분도 아름다우세요."라고 소곤소곤 이야기했습니다.

실장님은 "뭐래 뭐래??" 하고 난

그냥 "실장님도 이쁘답니다."라고 전해 줬습니다.

실장님은 깔깔거리시면서 '깜언 깜언'(베트남어로 '감사합니다.'입니다.)을 연발하셨고, 교수님은 계속 뿌듯하게 소녀를 보고 계시고….

저는 이런 소란이 행여 소녀에게 불편을 주지 않을까? 하고 걱정하던 차에 소녀의 입에서 너무나 또박또박 한국어가 나왔습니다.

— 감사합니다.

3

저기요, 이거 줄게요

우리는 정말 깜짝 놀랐습니다. 아니 한국말을 할 줄 알았단 말이야? 그럼 우리가 이제껏 했던 이야기 전부 알아들었던 거 아냐? 하면서 웅성웅성하고 있는 와중에 우리 교수님은 "원더풀"을 외치시며 그 자리에서 일어나 고개를 끄덕이며 박수를 짝짝짝 치셨습니다.

뭐 어쨌든 또 한 번 왁자지껄하는 우리를 보며 난 '빨리 카운터로 돌아가야 하는데 왜 날 붙잡아 두고 안달인가?'라는 표정을 지으면서 우리에게서 조금씩 슬금슬금 뒷걸음치는 소녀를 저의 한마디로 다시 붙잡아 두었습니다.

— 혹시 한국말 할 줄 알아요?
— 아… 아니요. '감사합니다.'와 '안녕하세요.'밖에 몰라요.

이렇게 말하면서 어쩔 줄 몰라 하던 소녀에게 그때 약간 귀엽다는 생각을 했습니다.

그렇게 저는 시간 뺏어서 미안하다고 하고 소녀는 꾸벅 인사를 하고 카운터로 돌아갔습니다.

그리고 저희도 대충 프로젝트 이야기 몇 분 하다가 사무실로 돌아가기 위해 커피숍을 나섰습니다. 커피숍을 나서는 우리에게 수줍은 미소를 지으며 꾸벅 인사를 하는 소녀를 보고 또 교수님과 실장님이 한마디 하십니다.

― 저 친구 정말 귀엽다.

― 근데 의외로(?) 나이가 있네.

교수님은 제 옆구리를 콕 찌르면서 물어보셨습니다.

― 어때요. 최 팀장?(제가 최 팀장입니다.) 저런 스타일?

저는 두루뭉술하게 대답했습니다.

"네, 뭐, 귀엽네요." 하고 고개를 끄덕이며 대답하는 저에게 실장님이 핀잔을 주셨습니다.

"영혼을 가지고 대답 좀 해요! 매번 저러더라!"라고.

"난 정말 귀여워서 대답한 건데…."라고 중얼거렸고 그때 저는 얼굴에 약간 미소를 띠고 있었다고 하더군요. 교수님이…. 하하.

그때부터 저는 옛사랑이 생각이 나질 않았고 그때 하노이는 오랜 우기를 끝내고 오랜만에 맑은 하늘을 보였습니다.

그 후 며칠 동안 몇 번 더 그 커피숍에 갔습니다. 실장님과 교수님은 바쁘셔서 자주 못 가셨고요. 주로 저 혼자나 혹은 베트남 직원들과 함께 갔습니다. 그 소녀가 있을 때도 갔었고 그 소녀가 없는 오후 타임에도 갔었고요.

그 소녀와 마주칠 때마다 그 소녀는 저를 한참 올려다보며(제가 키가 좀 큽니다.) 수줍어하고 우물쭈물하던 인사가 조금씩 밝아짐을 느끼고 있을 때였습니다. 하지만 우리는 서로 인사와 제가 하는 음료 주문 외에는 대화를 나누지 않았지요.

다시 하노이는 며칠간 우기가 찾아왔었고, 어느 비 오는 아침에 저는 아침 일찍 사무실을 찾았지만, 비가 와서 교통이 혼잡했던 탓인지 직원들은 아무도 와 있질 않았습니다.

혼자 있기 싫었던 저는 그 소녀가 있는 커피숍을 찾았습니다.

그리고 그 작은 소녀가 저를 웃으며 맞이해 주었습니다.

그때 커피숍은 사람이 많이 있지 않았습니다. 비가 와도 저는 빗소리를 좋아했기 때문에 천막이 쳐진 발코니 테이블에 앉았고 소녀가 후다닥 뛰어와서 빗물이 젖어있는 테이블과 의자를 걸레로 닦아 주었습니다.

─ 혹시 안쪽으로 들어가시지 않겠어요? 비가 오는데….

소녀가 조심스레 저에게 물어보았습니다.

―아니, 괜찮아요. 여기가 좋아요. 감사해요.

　그렇게 꾸벅 대답하고 저는 노트북을 꺼냈습니다.

　제 노트북 파우치는 카카오톡프렌즈 라이언 파우치입니다. 여동생이 베트남 가기 전, 생일선물로 사준 거지요. 아주 귀엽게 생긴 파우치입니다. 베트남 직원들이 다 큰 남자가 여자도 아니고 뭐냐고 놀려대도 전 꽤나 마음에 드는 파우치였기에 항상 들고 다녔습니다.

▶ 이렇게 생긴 파우치입니다.

　그때도 그 파우치에서 노트북을 꺼냈고 사무실 들어가기 전에 문서 작성을 하고 있었습니다.
　그때 빗물 젖은 옆 테이블을 닦고 있던 소녀가 파우치를 가리키면서 말했습니다.

　―그 가방 참 귀여워요.

　아이고, 이 친구도 어울리지 않는다고 생각하면 어쩌지 하고 나도 모르게 변명을 늘어놓았죠

　―아, 제가 산 건 아니고! 여동생이 선물해줬어요! 생일선물로! 제가 산 건

아닙니다…! 정말로….

소녀는 헤헤 웃으면서 카운터로 쏙 들어가 버렸고 저도 머쓱하게 웃어 버렸습니다.

그것이 그 소녀와 저와 나눴던 둘 만의 첫 번째 대화였습니다.

그때 전 그 소녀가 나간 자리를 꽤 오랫동안 바라보고 있었습니다.

한 시간 뒤 베트남 현지 여직원이 저를 데리러 커피숍에 왔고, 여직원에게 커피를 한잔 사주면서 커피숍에서 나갔습니다.

그날 하루는 아침에 잠시 나눴던 소녀와의 대화가 꽤나 오랫동안 머릿속에 맴돌았습니다.

이튿날.

그날은 세계 여성의 날이었습니다. 베트남은 여성의 날이 꽤 큰 이벤트 데이입니다. 어머니나 부인, 남매 혹은 연인이나 친한 여자사람 친구에게 꽃을 나눠 주는 것이 풍습(?)이지요.

베트남어를 거의 못하다시피 하는 저는 꽃집에서 꽃을 살 용기는 없었기에(그날은 꽃값이 어마 무시하게 비싸거든요. 깎을 용기가 없었습니다.) 대체 용품(?)으로 조금 값비싼 초콜릿 네 개를 샀습니다.

흠….

우리 사무실 여직원은 세 명입니다….

하지만 초콜릿은 네 개를 샀네요…?

그냥 '여유롭게 사자.'라고 생각하고 산 거지만 사실 더 큰 본심은 그 소녀에게 초콜릿을 주고 싶었거든요. 그때 전 '다른 뜻이 없고 여직원들 나

뭐주고 남은 거 너 주는 거야.'라고 말하려고 그렇게 샀었나 봅니다.

자기 합리화 대단합니다. 나란 남자….

어쨌든 그날 아침에도 커피숍을 찾았고 늘 앉던 발코니 테이블에 앉아서 음료를 기다리고 있었습니다. 그때 꽤 긴장되었습니다.

내가 이 소녀를 좋아하는 것도 아닌데 이 소녀가 다른 뜻으로 받아들이면 어떡하지?

혹은 초콜릿 안 좋아하면 어떡하지…?

혹은 이 초콜릿이 혹시나 부담되어 소녀가 커피숍을 그만두게 되고 난 이 동네에 웬 껑다리 한국인 남자가 이 동네 처자란 처자들한테 다 홀리고 다닌다고 소문나면 어떡하지?

이런 온갖 생각을 다 하게 되었습니다.

주머니 안에서 초콜릿이 녹을 정도로 손으로 초콜릿 상자를 만지작거리면서요.

그때 소녀가 음료를 가져다주러 들어왔고, 그날은 그냥 별말 없이 꾸벅 인사하고 돌아서려고 할 때…

— 저기요?
— 네?
— 이거 줄게요.
— 네, 저요? 정말요?
— 네. 오늘 여성의 날 맞지요? 베트남 여성의 날에는 이런 거 주는 거라고 들

었는데?

— 저, 주는 거예요…? 정말???

— 네. 맛있게 먹어요! 하하하!

— 감사합니다! 와…. 정말 고마워요!

얼굴이 빨개진 채로 토끼 눈을 하고 놀라는 그녀의 모습에 제 쓸데없는 걱정은 그날 담긴 아이스티 얼음이 녹듯 사라졌습니다. 소녀는 너무나도 환히 웃으면서 저에게 고맙다고 인사를 했고 저는 별거 아니라는 듯 쿨한 척하려 애썼었죠. 허허.

소녀는 초콜릿을 꼭 쥔 채로 카운터로 종종 걸어갔고 전 그 모습을 흐뭇하게 보다가 한 삼십 분 정도 그곳에 머무르다가 자리에서 일어났고 계산을 하기 위해 카운터로 갔습니다.

근데 그때까지도 소녀가 제가 준 초콜릿을 두 손에 꼭 쥐고 있었습니다.

그리고 저에게 또 한 번 초콜릿 아주 고맙다고 밝게 웃으며 인사를 해 줬습니다.

그날 이후 그 아침마다 그 소녀가 더더욱 보고 싶어 졌습니다. 하지만 며칠은 너무 바빠서 커피숍에 가지 못했습니다. 잠깐이라도 짬을 내서 갈 수는 있었지만 그렇게까지 하고 싶진 않았어요.

그땐 일에 집중하고 싶었으니까요.

…라는 건 변명이고 혹시나 내가 이 소녀에게 감정을 가지는 게 솔직히 두려웠습니다. 많은 사랑 실패와 그 가슴앓이를 더 이상 하고 싶지 않았

으니까요.

그땐 그 소녀의 미소를 그리워하면서도 또 무서워했습니다.

그렇게 하루 이틀 지나갈 때쯤에 사무실 복도 창밖으로 우연히 그 커피숍을 보았습니다. 그리고 그 소녀가 커피숍 문 앞에 서 있었죠.

마치 누군가를 기다린다는 듯이 누구를 찾고 있다는 듯이 그 소녀는 한참을 문 앞에서 서 있었고 저도 그 모습을 한참 동안 바라보았습니다. 그때 문득…….

'내일은 가야겠어!'라고 다짐했습니다.

하지만 아쉽게도 다음날에도 저는 무진장 바빴습니다. 그렇지만 어떻게든 그 소녀를 보고 싶다는 마음에 안절부절못하고 있었습니다.

근데 마침 핑곗거리가 생겼습니다.

그날은 대한민국 사상 처음으로 높으신 분이 탄핵이 되는 날이었고 제가 그전에 직원들에게 그분이 탄핵이 되면 꼭 사무실에 커피를 돌리겠다고 선언을 했었거든요!(아 혹시나 그분 지지자가 있으시다면 위로를 드리겠습니다…)

그게 생각이 나면서 갑자기 자리에서 벌떡 일어나면서 직원들에게 "나 커피 사올 게! 뭐 마실래! 적어봐 얼른!" 하고 노트를 들고 주문을 받기 시작했죠.

직원들은 어리둥절하면서도 공짜 커피를 마다하진 않겠다고 즐거워하면서 노트에 자기 주문을 적기 시작했습니다.

그때 때마침 한 직원이 말합니다.

— 내가 따라갈까요?

빨리 커피숍을 가고 싶은 마음에 직원들의 리스트를 정신없이 모으고 있던 저는 대답 하는 둥 마는 둥 말했습니다.

— 응? 아냐! 나 혼자 갈게!

우리 착한 직원은 팀장을 생각할 줄 압니다.

— 아니 주문이 많잖아요. 팀장님 혼자 괜찮겠어요? 베트남어 못하잖아요

그런 직원의 걱정을 깨부술 듯 고개를 세차게 끄덕입니다.

— 아니 나 할 수 있어! 응! 할 수 있어! 끄덕.
— 그래도 무거울 텐데….
— 아, 따라오지 말라고!!!

나도 모르게 소리를 빽 질렀지만, 그땐 정말 아무 생각이 없었습니다. 오로지 난 그 커피숍을 가야 한다는 목표 밖에는 눈에 들어오지 않았지요.

그렇게 친절한 직원의 도움을 뿌리치고 주문이 빼곡히 적힌 종이 쪼가리 들고 커피숍으로 뛰어들어갔습니다.

헐레벌떡 뛰어들어간(물론 문 앞에선 점잖은 척했지만) 커피숍 카운터에

서 소녀가 고개를 꾸벅이곤 환한 미소로 저를 반겨 주었습니다.

　그런 소녀에게 조그만 주문들이 적혀있는 쪽지를 건네주면서 "이거! 다 포장!"이라고 베트남어로 띄엄띄엄 이야기했습니다.

　소녀는 "이거 다요?" 하면서 깜짝 놀라 했고

　저는 그냥 고개만 세차게 끄떡(!)거리고

　뭐가 그리 부끄러웠는지 발코니로 후다닥 뛰어들어갔습니다.

　담배 하나 물고 마음을 진정시키고 자리에 앉았습니다. 대화라는 거 기대도 안 했고 이 소녀에게 감정을 가지지 않으려고 했지만, 그날은 좀 왠지 긴장되었습니다.

　얼마 뒤, 소녀가 두 손 가득히 커피 포장을 들고 저에게 왔습니다.

　저는 괜히 이런 마음 내색하지 않으려고 웃으면서 고맙다고 까딱 인사만 했습니다.

　근데 소녀의 낌새가 뭔가 이상하긴 했습니다. 왠지 모르게 안절부절못하는 거 같기도 하고….

　소녀는 우물쭈물 저의 테이블에 커피를 조심스레 놓더니, 잠깐 주위를 두리번거렸습니다. 그리고 카운터 쪽을 한번 쳐다보고는…

　제 앞에 앉으면서 다소 긴장된 모습으로 말했습니다.

　— 저기… 바쁘지 않으면 잠깐 이야기 나눠도 되나요?

4

잠깐이야기해도돼요?

— 잠깐 이야기해도 괜찮나요?

그 소녀는 수줍게 더듬더듬 이야기했습니다. 난 깜짝 놀랐습니다! 평소에 그렇게 수줍음 많던 소녀가 먼저 다가와 주다니….

그 소녀를 바라보며 나는 싱긋 웃으면서 당연히 괜찮다고 했고 소녀는 활짝 핀 표정으로 언제 그렇게 수줍었냐는 듯이 수다를 늘어놓기 시작했습니다.

언제 왔어요? 얼마나 하노이에 있었어요? 무슨 일 때문에 왔어요?
아 이 앞 대학교에 다녀요? 교수님이에요? 교수님이 아니에요? 아
교직원들 기술자문…. 콘텐츠? 그게 뭐예요? 아… 아뇨 그런 쪽은
잘 몰라요. 미안해요. 나이가 몇 살이에요? 정말? 그렇게 안 보여요!
한국 사람들은 다 얼굴이 하얗게 생겨서 부러워요. 저 슈퍼주니어
팬이에요! 10년째 팬이에요! 빅뱅도 좋아해요. 아 한국 드라마 좋아

해요. 정말 많이 봤어요. 최근에 〈도깨비〉 봤어요. 너무 재밌었어요!

대학생이랬죠? 졸업반이에요? 여기서 일 언제부터 했어요? 나 여기 5개월 동안 단골이었는데 최근에 만났네요, 우리. 하노이 좋아요. 많이 돌아다녔어요, 혼자서. 호안끼엠 호수를 제일 좋아합니다. 주말마다 혼자 거기서 커피 마시곤 하지요. 그쪽도 베트남 사람 치곤 얼굴이 하얀데요? 아 슈퍼주니어…. 미안해요. 슈퍼주니어 노래는 〈쏘리쏘리〉밖에 몰라요. 빅뱅은 좋아합니다. 빅뱅 앨범 다 샀지요. 아 〈도깨비〉! 〈도깨비〉 저도 진짜 좋아해요.

그렇게 30분 동안 우리는 언제 서로 부끄러웠냐는 듯이 서로에 대한 궁금한 것을 물어보았습니다. 그때 소녀의 모습은 수줍음 많고 말수가 적던 조용한 소녀가 아니라 여느 20대 대학생처럼 풋풋하고 발랄한 모습을 보여 주었지요.

그렇게 우리의 대화 소재가 점점 줄어들 때쯤 소녀가 말했습니다.

— 결혼하셨어요?

응? 갑자기 결혼이라니?

내가 그렇게 늙어 보였나…. 아깐 젊어 보인다더니…. 보통 여친 있으세요? 먼저 물어보는 게 예의 아닌가…?

이런 생각이 들면서 순간적으로 시무룩해졌습니다….

"전 결혼도 안 했고 여친도 없어요."라고 하며 고개를 절레절레 흔들었고 소녀는 되물었습니다.

— 왜요?

그걸 알면 내가 왜 이러고 있겠냐!!! 라고 따지고 싶었지만, 이 소녀 뜻밖에 당돌한 모습이 있구나…. 라고 스스로를 진정시키면서 저는 대답하지 않고 되물었습니다.

— 그쪽은 결혼했어요?
— 아, 아니요!
— 그럼, 남자친구 있어요?
— 아, 아니요!!

그렇구나! 끄덕끄덕…. 소녀가 고개를 숙이면서 이야기합니다.

— 저는 남자친구 사귈 생각이 없어요. 아직까진 공부랑 일이 아주 좋거든요. 다른 것에 신경 쓰고 싶진 않아요. 굳이 사귄다면 3년 뒤에나? 그리고 결혼은 28살쯤에 하고 싶어요.

아, 네. 안 물어봤는데… 거기까진…. 왠지 가만히 있어도 술술 불어 대던 그 소녀는 갑자기 "핫!" 하더니 시계를 보았습니다. 그리고 지금 영어학원 가야 하는데 시간이 이렇게 흘러버렸다고 가야 한다고 했지요. 그래서 그러라고 담에 또 이야기하자고 인사를 건넸습니다.

하지만 소녀는 내 앞으로 좀 더 다가와서 말을 걸었습니다.

— 분짜(베트남식 바비큐 국수) 좋아하세요?

— 응? 네, 제일 좋아하는 베트남 음식이긴 한데….

— 정말요??? 나도 에요! 그럼 혹시 괜찮으면 주말에 저랑 같이 분짜 먹으러
    갈래요?

갑자기 적극적인 소녀의 행동에, 저도 모르게 이젠 제가 얼굴이 화끈거리
는 게 느껴졌습니다. 이런 식의 데이트(아닐 텐데…) 신청을 받아본 적이 처음
(데이트가 아닐 텐데!)이라서 나도 모르게 활짝 핀 얼굴로 "좋아요."를 외쳤죠.

소녀는 빵긋 웃으면서 대답했습니다.

— 제 친구랑 같이 가요!

(에잇. 그럼 그렇지…. 데이트는 개뿔이….)

— 아하하. 그래요 같이 가요. 그럼.

그때 둘이 동시에

— 전화번호….

— 전화번호…….

동시에 꺼낸 휴대전화기를 보며 둘은 당황해서 어영부영 번호를 교환 했습니다.

　—근데 이름이….

휴대전화기에 제 번호를 입력하던 소녀가 조심스레 물었습니다.

　—최○○ 그냥 초이라고 불러줘요.
　—아! 초이… 초이…

몇 번을 내 이름을 중얼거리는 모습이 참 귀여웠습니다. 이젠 제가 물 을 차례였죠.

　—그쪽은 이름이 어떻게 돼요?
　—아 전 느야아~~ 이에요.
　—믜아야?
　—아니, 뉘야아.
　—뮈야아?
　—아니 아니 응냐아아아.
　—늬아아아??
　—아니! 응냐아~!
　—응늬아?
　—아유! 아니~~~

—…도대체 뭐가 다른 건데?

내 발음에 소녀는 깔깔거리면서 웃었습니다. 그 소녀가 그렇게 웃던 건 그때 처음 본 거 같습니다. 난 다 똑같이 들리는 걸 왜 그러는지 의아한 표정으로 그녀를 바라보았고 그 늬웡뮈느잉야 라는 소녀는 나에게 스펠링을 써 주었습니다.

N.G.A
아! 이거였구나. 오호! 흠! 헛! 그러니까….
더 모르겠다….

—미안한데 나 조금 발음하기 어려워요. 그래서 그런데… 흠… 그냥 나나 라고 불러도 될까요?

전 원래 친구들한테 별명을 잘 부르는 편입니다. 아무도 부르지 않는 별명을 혼자서 부르기도 하고 별명도 잘 짓지요. 이유는 그냥 전부 제가 부르기 편해서입니다. 그래서 전 저도 모르게 또 별명 짓기 신공이 나왔고 다른 뜻 없이 내 편하려고 나나 라고 불러도 되는지 물었습니다.
그 소녀는 나나… 나나… 두 번 되뇌더니 아주 싱그런 미소를 지으면서 대답했습니다

—I love it!

그때 햇살은 소녀에게 비추고 있었고 난 그런 소녀를 바라보고 있었으며 소녀는 나를 보면서 웃고 있었습니다.

그렇게 나나와 저는 서로 친구가 되었습니다.

나나는 이제 정말 가야 한다고 메시지 보내겠다고 약속을 하고 자리를 떴고 저도 시켜놓은 커피와 음료수를 들고 인사를 하고 커피숍을 나왔습니다. 매일 고개를 꾸벅이며 인사를 하던 나나는 처음으로 나에게 손을 흔들면서 인사를 했습니다.

그렇게 왠지 모를 기분 좋음에 룰루 랄라 사무실로 들어왔고, 직원들은 녹아버린 아이스커피와 음료수에 불만을 토로했지만 전 그냥 허허 웃으며 걍 마시라고 협박을 했습니다.

그때 갑자기 전화가 왔습니다.

나나였습니다!

하! 이 소녀 참… 그새를 못 참고 연락을 했구먼, 이라는 제정신이 아닌 생각을 하면서 멋지게 목소리를 깔고 전화를 받았습니다.

―여보세요. 응, 나야.

나나는 부끄러운 목소리로 조심스레 말했습니다.

―저기… 커피 값 안 내고 갔어요.

―헐?

―…헐?

5

커피 값

—어??? 응???

—커피 값 안 주셨다고요!

저는 정말 당황했습니다. 정말 창피했죠. 저도 모르게 그 소녀와 대화에 정신이 팔려서 그만 계산도 하지 않은 채 그 커피숍을 나왔던 겁니다!

'으아아아!!!'

외마디 비명을 지르면서 그 커피숍으로 뛰어갔습니다.

소녀(이하 나나라고 부르겠습니다.)는 이미 자리를 떠났고, 나나와 교대한 알바생만 있더군요.

씬로이, 씬로이(베트남어로 '죄송합니다.'라는 뜻입니다.)를 연발하면서 부랴부랴 계산하였고 아까와는 달리 풀이 죽은 채 그 커피숍에서 나왔습니다….

아까 그렇게 밝았던 세상은 급격히 어두워 졌습니다. 네…

너무 창피했어요. 그땐….

지금도 그때 생각하면 이불에다가 백열각을 날립니다. 네….

어쨌든 사무실로 들어와서 나나에게 사과 메시지를 보냈습니다.

— 정말 미안해.

답이 올 때까지 정말 지질 지질한 온갖 생각을 다 하면서 책상에 머리만 콩콩 박고 있었고 직원들은 불쌍한 한국인 친구가 드디어 미쳤구나 하면서 쯧쯧거렸습니다.

근데도 그 와중에 휴대전화기를 만지작거렸습니다.

'언제쯤 답이 오려나….'

'안 오면 어떡하나….'

'이게 뭐라고 난 이렇게 기다리고 있는 건가?'

다시는 이런 거 안 하고 이런 맘 안 먹기로 다짐했었는데 말이죠.

그냥 쿨하게 친구로 만나면 되는 것인데 그때 난 무엇을 기대하고 있는 거였을까요?

그렇게 저는 다음을 다스리려 노력하고 있었습니다.

그때

― 괜찮아요~! 나도 가끔 잊어버리는데요. ^^

하….

뭐랄까 왜 안도감이 들었을까요?

솔직히 답장이 오기까지 많은 시간이 걸리지 않았습니다. 고작 몇 분이 었지요. 근데 그때 그 몇 분의 순간에 정말 많은 생각이 들었습니다.

불안, 초조, 창피, 후회, 그리고 두려움….

하지만 그 문자 하나에 모든 것이 다 눈 녹듯 사라지고 저는 그저 웃었습니다.

하지만 빠른 답장은 할 수가 없었습니다.

말씀드렸다시피 그날은 아주 바쁜 날이었고, 그 알지 못하는 안도감에 더욱더 일에 집중할 수 있었으니까요.

미친 집중력을 발휘할 수 있었습니다.

어쨌든 그날 저녁에 퇴근할 무렵 다시 저는 메시지를 보냈습니다.

― 풀 네임이 뭐에요?

답장 시간은 좀 걸렸지만, 답이 왔습니다.

― 늑 쏸 웅냐아~ 에요. (이거 정확한 발음 아닙니다만 전 저렇게 들렸어요.)

― 아…. 기억할게요!

― 그냥 나나라고 불러주세요. ^^ 그 이름 좋아요. 그리고 hang than 거리에 있는 분짜 식당이 하노이 최고예요! 거기 갈래요?

―아 좋아요!

―내 친구도 부를게요!!

혼자 와도 되는데…. 라고 중얼거리는 찰나에 나나에게서 한 번 더 메시지가 왔습니다.

―언제 시간 괜찮아요? 주말 중에요.

―이번 주?

―아니요. 다음 주 어때요?

'다음 주…. 다음 주….'

'다음 주!!!???'

그 다음 주는 한국에서 고향 친구들이 하노이 놀러 오는 날이었습니다…. 제가 공항으로 나가서 호텔까지 픽업을 해주어야 했던 날이었지요.

아 하필 그날이라니….

―이번 주는 안될까요?

―이번 주말에 일이 있어서 못 만나요. 그럼 다음에 시간 괜찮으면 만나요.

다음에 봐요!

―아… 저… 그… 그러니까….

'그 다음 날이 언젠데!!!'

이렇게 묻지 못하고 저도 그냥 "그래요 담에 봐요. 안녕."이라고 적어버렸습니다.

왜 꼭 이러면 잘 안 되잖아요. 처음부터 꼬이기 시작하면 만나기 힘들고 만나기 힘들면 흐지부지되는 거.

뭐 물론 친구이지만 그래도 내심 기대를 했는데(뭘?)….

이렇게 처음부터 꼬이니 참 아쉬웠습니다.

혹시 몰라 친구에게 연락했습니다.

— (초이) 야 너 진짜 오긴 오냐?
— (친구) 걱정 마! 이미 비행기 표 다 예약해 뒀어! 너 공항 마중 나오기 좋은
　　　　 시간으로 잡아 두었다고! 하하하!

'아…. 그것참 겁나 고맙네….'

그렇게 풀이 죽은 채로 숙소로 돌아왔고, 한숨만 푹푹 쉬면서 밥이나 먹고 잠이나 잤습니다.

다음날이 되었습니다.

그 다음 날은 쉬는 날 이어서 빈둥빈둥 호텔방에서 휴대전화기나 보면서 뭉그적거리고 있었죠.

사실 나나에게 문자를 보낼까 말까 보낼까 말까 하면서 고민 중이었습니다.

'하, 나란 남자 정말….'

그러다가 에라 모르겠다 하면서 문자를 보냈습니다.

─ 나 잘로('ZALO' 어플. 베트남에서 쓰는 카톡 같은 겁니다.) 아이디 있어요.
   이쪽으로 연락 줘요.

그리고 답장이 언제 올까 기다리다가…
한 시간 두 시간이 지나고….
그러고 멍하게 있다가….

아 혹시 '인스타그램' 하지 않을까? 하고 이름을 검색해 보기도 하고
그리고 '페이스북'도 검색해 보기도 하고
그 친구 페이스북 사진도 하나씩 다 보기도 하고
인스타 사진이 안 보이길래 그 친구 친구의 아이디를 보고 찾아보기도
하고 또 그 친구의 친구의 친구 아이디를 찾아보기도 하고
이 친구가 남자친군 몇이나 있나 라고 세어보기도 하고
친구의 페북에 있는 사진 보고 거참 귀엽게 생겼구려 허허하면서 이상
하게 웃기도 하고….

'와… 이 정도면 스토커 아닌가……?'

이렇게 생각하며 자책감이 들어
휴대전화기를 던져 놓고 운동하러 갔다가
30분도 안 돼서 들어와서 휴대전화기를 보았는데 답은 없고

그렇게 허무하게 앉아있던 찰나에

— 미안해요. 너무 바빴어요. 뭐 해요?

라고 답장이 왔습니다.

이쯤 되면 나도 좀 시간이 흐른 뒤에 답을 해줘야겠군! 후후! 라고 생각
하면서 5초 뒤에 답장했죠…. (…)

— 운동하고 왔어요.

— 운동이요? 우와 더 잘생겨지려고 그러는 거예요? 하하.

— 나 잘생기지 않은데? 하하하.

— 웅! 알아요^^.

'…허… 이 소녀 보게요….'

곧바로 나나에게 이어지는 문자가 왔습니다.

— 농담이에요~!! 오늘 뭐 할 거예요?

— 오늘 저녁에 영화 보려고 해요.

— 영화? 영화 좋아하세요?

— 네 정말 좋아해요. 일주일에 한 번은 꼭 영화관 가요.

— 정말요? 와 나도 영화 정말 좋아하는데 영화관 자주 못 가요.

— 왜요?

— 영화관 비싸요. 그리고 바쁘기도 하고….

— 응? 영화관이 비싸요?

— 네 비싸요. 그래서 한 달이나 두 달에 한 번밖에 못 가요. 미스터 초이는 부
　자인가 보다.

— 아니 그런 건 아닌데. 한국은 영화 값이 베트남 2배요. 그래서 난 한국보
　다 더 자주 가는 거 같아요.

— 와, 역시 부자인가 봐.

— 아니라니깐.

— 용돈 주세요 삼촌!

'삼촌…? 용돈?'

왠지 모르게 소심하게 기분이 상했습니다. 왜냐하면, 그때 제가 어디서
이상한 거만 봐 가지고 한국 남성들에게 돈을 목적으로 접근하는 동남아
여성들 이야기를 보았거든요. 그래서 왠지 그런 기분이 들었습니다.

— 농담이에요~!! 그런 거 필요 없어요~.

이런 내 기분을 알아챘는지 모르지만 바로 나나는 농담이라고 대답을
하였고 전 그냥 간단한 이모티콘 하나 보냈습니다.

지금 생각하면 참 몹쓸 생각이었죠.

어디서 이상한 거만 봐 가지고 말이에요…. 얼마나 착한 아이였는데 이

친구가….

— 아, 나 다시 일하러 가봐야 해요 그럼 좋은 하루 보내세요.^^
— 아 그래요. 나중에 연락해요.

라고 그날 메시지는 그걸로 끝이 났습니다.
왠지 모를 찝찝함에 그날 영화 보러 가지도 못하고 방 안에만 있었습니다.
그리고 왠지 모르게 꼬여간다는 생각만 머릿속에 맴돌았습니다…….

6

겁먹었어요

그날 이후 전 좀처럼 그 소녀에게 다가가지 못했습니다. 소녀에 대한 환상이 사라지고 현실에 대한 두려움이 느껴졌지요. 외국인과 현지인의 한계랄까, 왠지 모르게 소녀 또한 저에게 벽을 두는 듯한 느낌도 받았고요.

물론 가끔 문자도 주고받았고, 한국 일행들과도 커피숍도 자주 갔긴 했습니다만….

문자의 내용은 진짜 누가 봐도 외국인 친구와 현지 소녀의 대화였고 그 이상 그 이하도 아니었습니다. 커피숍에 갈 때도 반갑게 맞이해 주긴 했지만 별다른 대화는 없었고요.

그냥 어쩌다 눈이 마주치면 웃으면서 인사 하는 정도였죠.

근데…….

우리 오지랖 넓으신 그 교수님이 부채질하십니다.

— 하~ 나나가 최 팀장 보는 눈빛이 예사롭지 않은데요??

─ 하~ 나나가 최 팀장한테 마음이 있네, 있어!

─ 하~ 저거 봐. 또 최 팀장 보고 있네~.

아니에요. 그런 거….

수차례 말해도 맞다고 맞다고 그렇게 부추기십니다.

이 교수님은 정말 나나가 맘에 드셨나 봅니다.

저보다 더 많이 그 커피숍을 가셨거든요. 그리고 꼭 아침마다 거기 가셔서 전화로 저를 불러냈지요.

그럴 때마다 못 이기는 척 가긴 했지만, 솔직히 저도 나나를 보는 게 참 좋았습니다. 잠깐이라도요.

처음 수줍게 인사하던 모습에서 이젠 반갑게 손을 흔들어 주는 모습으로 바뀐 것이 정말 좋았습니다.

비록 친구라도 말이에요

나나는 메시지를 보낼 때 my friend라는 말을 많이 썼습니다. 아마도 외국인 친구가 생겨서 좋아서 그렇겠지요.

그리고 제가 한국에 가더라도 가끔 연락 주고받으면서 이야기 나눌 수 있는 외국인 친구가 생겨 저도 좋았습니다.

근데 my friend를 너무 많이 써서….

'알았어. 우리 친구 이상 아니야.'라고 속으로 생각하면서 대화하곤 했습니다.

그러다 사건이 생겼습니다.

어쩌다가 톡으로 꽤 긴 시간 이야기를 나누었는데 한국어를 가끔 치는 겁니다.

엉터리긴 했지만요.

'네'를 '내'로 친 다던가 '감사합니다.'를 '감삽니다.'라고 친다든가 오타 치는 게 귀여워 보였지만 그래도 맞는 말을 썼으면 해서 조금씩 고쳐주었습니다.

— 한국어 재밌어요. 그래도 가끔은 알아들어요.

— 그래? 대단하네요. 한국어 공부해볼 생각은 없어요?

— 글쎄 힘들 거 같아요. 지금 영어학원 다니는 것도 벅차서 한국어학원까지는 좀….

— 내가 가르쳐 줄게요.

— 정말요? 진짜?

— 응.

— 진짜죠? 약속해요! 정말이죠?

— 응 그래요. 약속할게요. ^^

— 완전 좋아요! 한국어 공부 책도 살게요!

비록 메시지이지만 신 나 하는 모습이 눈에 보였습니다.

뭐 간단한 한국어 정도야 가르쳐 줄 수는 있었죠. 뭐, 읽는 방법이라던가….

그렇게 또 한참을 대화하다가…. 나나가 물었습니다.

— 근데 한국에 언제 돌아가요?

— 흠… 2주 좀 넘게 남았네요

— 2주?

— 응. 2주 뒤에 프로젝트가 끝나요

그 소녀는 한참은 답이 없었습니다.

저도 한참 기다리다가 바쁜가 보다 하고 그냥 잘자라는 메시지 하나 보냈고, 곧 나나도 "잘 자요.^^"라는 답 보내왔습니다.

그리고 다음날.

다음날은 제가 미친 듯이 바빴습니다.

하지만 우리 교수님은 그날 아침도 어김없이 커피숍 가자고 나를 불렀고 전 못 간다고 바쁘다고 못을 박고 일에 열중하였습니다.

불쌍(?)한 우리 교수님은 시무룩한 표정으로 PM(프로젝트 매니저) 교수님을 꼬시기 시작했고 할 일 없으셨던 우리 PM께서는 좋다꾸나 따라나가셨지요.

그렇게 한 시간쯤 흘렀을까요?

교수님이 제 사무실로 들어오셔서 다급하게 말씀하셨습니다.

— 최 팀장님! 큰일 났어요!

— 네네? 무슨 일인데요 문제라도?

— 아니 그게 아니라!

무슨 일인고 하니, 교수님 두 분이서 커피숍에서 커피를 마시면서 한참 이야기하고 계시던 때에 나나가 살짝 다가오더랍니다.

그리고 조심스레 물어보더랍니다.

— 미스터 초이 혹시 2주 뒤에 한국 가나요?

— 응. 가는데? 왜요?

라고 교수님은 답하셨고….

거기까지 들었을 때 왠지 모르게 뭔가 있을 듯한 느낌이 들었습니다.

저는

— …그래서요?

라고 조심스레 되물었고….

교수님은 마치 큰일이라도 난 마냥 손을 휘휘 저으며 말하셨습니다.

— 아니 그랬더니 갑자기 소리를 빽 지르더니 아아아아!! 하면서 머리를 쥐 어뜯더라고! 최 팀장!

— 빨리 가봐서 달래 봐요! 큰일 났어!!!

'엥?'

'에이 설마…' 하는 마음과 '뭐? 설마??!!!' 하는 마음이 교차되는 그런

기분을 겪으면서 커피숍으로 갔지요

—아? 안녕??

응? 아무렇지 않은 뎁쇼???

나나는 아무 일도 없었다는 듯이 반갑게 손을 흔들었습니다. 잠깐 멍하게 그 모습을 보았습니다. 그리고 생각했죠.
아니 이중인격이라도 있는 건가 이 소녀는?
아니면 교수님이 날 놀린 건가?
아님 둘이서 짜고 나에게 깜짝쇼라도 하는 건가?
이런 알 수 없는 예감에 조금씩 빠져들고 있을 때쯤

—주문할 거예요?

라는 나나의 물음에 정신을 차리고 멀뚱히 날 바라보고 있는 그 소녀에게 '아니 그냥 너가 미쳐있다 해 가지고 구경하러 왔어.'라고 말하기엔 상당히 뻘쭘해서….

—망고주스 하나 주세요….

이렇게 주스 하나 주문했습니다.
민망 민망하게 망고주스를 쭉쭉 빨면서 사무실로 돌아간 저는 교수님

부터 찾았습니다

　―교수님, 어떻게 된 겁니까? 얘 멀쩡하잖아요.
　―엉? 아… 아니 그럴 리가 없는데?

'어쨌든 뭐 제가 가는 건 섭섭할 수는 있지만 그렇다고 해서 그렇게 오버하는 건 아니었겠지?'라고 생각하고 그냥 다시 묵묵히 일하기 시작했습니다.

　―아니 진짠데… 진짜 소리 지르고 그랬는데에….

하아 교수님……………….

그날 저녁.
저는 두 교수님과 함께 저녁 식사를 가졌고, 저희는 사뭇 진지하게 프로젝트에 관해서 대화하고 있었지요.
꽤 오랫동안 프로젝트에 관해 의견을 나눴었고, 그 이야기는 숙소로 돌아가는 내내 이어졌습니다.
저와 교수님은 계속 서로의 의견을 주고받았었고, PM 교수님은 5걸음쯤 앞서서 혼자 뭔가를 골똘히 고민하면서 앞장서서 걷고 계셨습니다.
그렇게 한 5분쯤 걸었을 때,
저녁을 먹을 때도 별말씀 없으신 우리 PM 교수님이 갑자기 획! 돌아서서 저의 앞을 가로막으시더니

— 난 아무리 생각해도 말이야. 커피숍 그 처자가 제일 괜찮은 거 같아.

— …예??

— 갑자기 무슨 소리이신지…?

— 아니 그냥 그렇다고~!

하시곤 다시 묵묵히 걸어가셨습니다.

저와 같이 있던 교수님은 깔깔거리면서 웃으셨고 전 너무나 뜬금포 발언에 황당해서 아무 말도 못 했지요.

그렇게 PM 교수님은 먼저 숙소로 돌아가셨고 남은 우리 둘은 어떡할까 하다가

— 최 팀장님, 우리 커피 한잔할까요?

라고 교수님이 권하셔서 커피 한잔하고 들어가기로 했습니다.

그때 교수님이 본격적으로 물으셨어요

— 솔직히 나나 어때요?

저는 한참을 말 못하다가 "그냥 친구죠 뭐…."라고 조심스레 말을 꺼냈고 교수님이 바로 반문하셨습니다.

— 나나는 그게 아니던데?

— …아니 그걸 어찌 아신대요?

또 놀리기 시작하시는구나! 라고 생각하고 "그만 하셔요~."라고 투덜 댔습니다. 교수님은 커피를 후루룩 한 모금 하시고 사뭇 정색한 표정으로 말문을 여셨습니다.

— 아니 나 지금 진지하게 물어보는 거예요.
— 아니에요. 교수님!

전 손사래를 치고 말했습니다.

— 그 소녀는 저를 친구로 생각해요.
  말끝마다 오마이 프렌드 그러는 걸요.
  그리고 한국 친구 생겨서 좋아하고 있어요.
  그렇다고 제가 계속 있을 것도 아니고 2주 뒤에는 여기 떠나잖아요.
  그런 상황에서 그 애가 날 좋아할 리도 없는데 근데 무슨 진지하게 생각을
  해요. 제가. 교수님도 참~.

이렇게 대답했지만…

— 아니 나나는 생각하지 말고! 최 팀장 생각은 어떤지 말해 보라고요.
— 네?
— 솔직히 지금 최 팀장 생각은 이야기 안 한 거잖아. 나나 입장 생각해서 이
  야기하고 있는 거잖아요.

저는 아무 말도 못 하고 입만 굳게 다문 채 앉아있었습니다.

— 최 팀장 전 여자친구 때문에 상처 많이 받은 거 알아요. 그리고 다른 사람
   만나는 거에 대해 겁을 내고 있는 것도 잘 알고 있고.

끄덕끄덕.

— 그리고 최 팀장은 누구를 가볍게 만나지 않는다는 것도 알아요. 솔직히 그
   나이에, 최 팀장 정도면 나쁜 생각 가지고 여기 여자애들 그냥 노는 목적
   으로 만날 수도 있는데 그렇지 않을 사람인 것도 알아요.
— 네….
— 그래서 그런 겁니다. 나나 그 친구 솔직히 너무 괜찮아요. 내가 최 팀장님
   보다 그 커피숍 자주 갔어. 나나랑 이야기도 해봤고. 아까 PM님 갑자기 말
   꺼낸 거 봤죠? 그런 나이 드신 분의 눈썰미 무시하면 안 돼요.
— 네.
— 시간은 문제 되지 않아요. 이번이 끝이라는 걸 누가 알아요? 또 오게 될지
   누가 알아? 나나가 한국으로 갈지 누가 아냐고요. 일어나지도 않은 일 고
   민하지 말아요. 그 나이에 사랑은 마음 가는 대로 해도 돼요. 그래도 될 젊
   음이야.
— 네….
— 그래서 최 팀장은 어때요? 나나?

'흠' 하고 고개를 숙이고 한참을 생각했습니다. 교수님은 따로 말씀 없

이 저의 대답을 기다리고 계셨고요. 갑자기 머릿속에 수많은 생각과 혼돈 그리고 나의 마음이 정해 졌을 때 오는 부담감, 앞으로 다가올 알지 못하는 미래….

이래도 괜찮을까? 이렇게 해도 괜찮은 걸까? 라고 계속 되뇌었지만, 그 와중에 저의 입에서 저도 모르게 이 말이 툭 튀어나왔습니다.

— 계속 만나고 싶습니다.

교수님은 씨익 웃으셨어요.

— 그럼 이야기해봐요. 2주, 14일 하나도 안 짧아요.

그런 이야기를 나누고 방으로 들어갔습니다.

그동안 답답했던 마음이 싹 가시는 거 같기도 하고 뭔가 편해진 거 같기도 하고.

그리고 이제 나나를 보게 되면 이것저것 이유를 달고 재는 것이 아닌, 진심 어린 마음으로 이야기할 수 있을 거 같은 자신감이 생겼습니다.

하지만 왠지 모를 설렘과 앞으로 나나 얼굴을 보게 될 때 더욱 긴장될 거 같아서 그 날밤은 쉽게 잠이 들지 못했습니다.

다음 날.

한국에서 오기로 한 친구들이 하노이에 입국했습니다.

여자 한 명 남자 한 명, 두 명 다 고등학교 때부터 형제처럼 지내던 친구들이지요.

그 친구들은 맛있는 곳도 괜찮고 좋은 장소도 좋지만, 그들이 제일 원하는 것은 바로….

― 현지 친구들 만나고 싶어!

였습니다.

현지 친구들과 어울려서 놀아야 진짜 외국 온 보람이 있다나 뭐라나…. 어쨌든… 저는 문득 나나가 생각이 났고, 내일은 주말이니 우리 현지 직원들 만나기는 어렵고 내가 자주 가는 커피숍 알바랑 친한데 그 친구한테 같이 밥 한 끼 먹자고 해 본다고 했습니다.

― 어머! 괜찮다! 아니 차라리 우리가 거기로 놀러 가자 커피숍!
― 이쁘냐?
― 커피 유명하잖아~ 우리 현지 로컬 커피도 먹어보자~. 까르르 씬나~.
― 이쁘냐고?
― ………….

어쨌든 알았다고 해 놓고 다음날 주말에 친구들 늦장 부리고 있는 새에 세가 먼저 그 커피숍에 갔습니다.

왜냐하면, 나나가 보고 싶었거든요.

교수님과 했던 대화를 한 번 더 생각해 보면서 저는 벽을 두지 않고 나나를 대해 보기로 결심했었습니다.

그래서 오늘 기회만 된다면 둘이서 따로 식사나 커피 어떠냐고,

물어봐야겠다고 다짐했지요.

그렇게 커피숍을 들어섰고, 주말에 찾아온 저를 상당히 놀라면서도 아주 반갑게 저를 맞이하였습니다.

어쩐 일이냐고 묻는 나나의 말에 둘러댔습니다.

— 아 저…. 그 회사에 일이 있어서 잠깐 왔어요…. 그리고 친구들도 여기서
　만나기로 했었고.

나나는 '아하~' 하더니 제 주문을 받고 음료를 만들러 카운터로 들어갔습니다.

저는 제가 자주 앉던 그 자리에서 멀찌감치 나나를 바라보고 있었고요.

나나는 가끔 나와 눈이 마주치고 눈인사를 보냈습니다. 그리고 손을 흔들면서 웃어 주기도 했지요.

저도 헤헤거리면서 인사에 답했다가….

아, 그냥 멍청하게 있으면 안 되겠다 싶어 뭔가 바쁘지만, 너를 보고 싶어서 온 거지만, 그러는 와중에 일은 해야 해서 나는야 한국에서 온 바쁜 남자라는 콘셉트를 잡기 위해 가져온 노트북을 꺼내서 되게 바쁜 척했습니다.

되게 바쁜 척 웹툰에 빠져서 한참 보다가 고개를 들었는데…

웬 양아치같이 생긴 남자(제 눈에는)가 나나 앞에 서 있었습니다.

나나와 웬 젊은 양아치같이 생긴 남자(누가 보면 평범한 남자이지만, 그럴 거 같긴 했지만 내가 볼 땐 분명 양아치같이 생긴)가 다정하게 이야기하고 있는 것을 보았습니다.

남자는 휴대전화기를 꺼냈고 나나는 그걸 보면서 웃고 있었습니다.
누가 봐도 그 남자가 나나의 번호를 물어보던 상황이었습니다….

7

그저 멍하게

그 장면을 멍하게 바라만 보고 있었습니다. 그러다가 나나와 눈이 마주쳤고 나나는 저를 힐끗 보면서 그 남자에게 무슨 말을 했습니다.

아마도 내 외국인 친구라고 남자에게 소개하는 듯했습니다. 행여 너무 쳐다보면 민망할까 봐 얼른 고개를 돌렸습니다.

그때 느낌은 뭐랄까….

충격이었다고 할까?

아니면 다시 한 번 현실의 벽에 부딪혔다고 할까….

같은 나라 남자들과 즐겁게 대화를 하는 모습을 보면서(제 눈엔 그렇게 보였어요.) '아 나로선 저 소녀와 나눌 수가 없는 거구나 저런 대화는….'이라는 생각이 들었습니다.

그래 그럴 수도 있지…. 인기 있을 법도 하지 그리고 그 인기 누릴 법도 하고. 저 사람이 좋으면 번호 줄 수 있지 암. 내가 뭐라고 할 처지는 되지

않아, 라고 속으로 생각했는데 지난밤 교수님과 했던 대화가 문득 생각이
났습니다.

'그래 그래도 친구로는 계속 지낼 수 있잖아!'

남은 2주 동안 좋은 친구로서 많은 추억을 만들고 가면 돼 라고 마음을
잡고 있었습니다.

그러다 곧 나의 친구들이 커피숍으로 찾아왔고,

친구들은 자리에 앉자마자 "누구냐! 누가 네 친구냐!?" 하면서 두리번
거리기 시작했습니다.

그러다가 나나가 메뉴판을 들고 우리에게 왔습니다.

그리고 제가 소개를 했죠.

— 나나, 이 친구들이 한국에서 온 내 형제 같은 친구들이야.

애들아, 이쪽이 내 베트남 친구, 나나라고 해.

친구들은 "오오~ 반가워!!" 하면서 오지랖을 떨어댔고 나나는 얼굴이
벌게지면서 상당히 부끄러워했지만 그래도 반갑게 인사를 한국말로 "안
녕하세요."라고 건넸습니다.

그 모습에 다시 한 번 친구들은 "오오!" 하면서 나나에게 관심을 가졌죠.

그렇게 한바탕 소개가 끝난 뒤에 나나는 카운터로 돌아갔고, 친구들은 마
치 새로운 친구들 사귄 사춘기 소년 소녀들 마냥 까르르 까르르거렸습니다.

친구들과 이야기를 계속 나누던 차에 나나가 우물쭈물 다가왔습니다.

그리고 저에게 쪽지를 하나 쥐여주고 카운터로 쪼르르 돌아갔습니다.
쪽지에는 이런 내용이 적혀 있었습니다.

─ 다음 주말에 제 친구와 같이 밥 먹기로 한 거 괜찮으면 초이 친구들도 함
 께 와도 돼요.

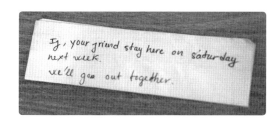

이게 뭐야… 이거 말하려고 쪽지를 쓴 거야?
저는 피식 웃었고 옆에서 본 친구들은 완전히 뒤집어졌습니다.

─ 나 이거 중딩 때 이후 처음 보는 광경이다!!!
─ 세상에 쪽지라니! 몰래 건네는 손편지라니잇!!!

까르르까르르 친구들은 신이 났었습니다.
친구들의 나나에 대한 호감도는 극도로 올라갔고, 전 답장을 쓰는 대신
나나를 불러서 직접 이야기했습니다.

─ 고맙지만 이 친구들 다음 주까지는 있진 않을 거야.

나나는 아…, 하면서 좀 아쉬운 표정을 짓고 카운터로 돌아가려고 했고

그 모습이 귀여웠던 제 친구들은 나나와 더 이야기 나누고 싶어 했습니다.

다행히 친절한 사장님은 나나에게 가서 좀 어울리다 오라고 해주셨습니다.

그리고 나나는 제 옆에 수줍게 앉았습니다.

근데 제 바로 옆에 앉지 않고 굳이 한 의자를 건너서 앉는 겁니다.

별거 아니지만 그것참 되게 신경 쓰이더라고요….

왜지? 왜 한 칸 띄워서 앉은 거지?

제 생각이야 어쨌든 친구들은 신 나게 나나와 대화하기 시작하였고 제가 옆에서 통역을 거들면서 분위기는 무르익었습니다.

특히 여자사람 친구가 나나를 상당히 마음에 들어 했습니다.

나나에게 '같이 안마받으러 가자. 네일숍 가자. 너 피부 너무 곱다. 완전 아기 같네. 22살?? 더 어려 보이는데?? 어우 너 너무 이쁘다.'라는 말을 계속했지요.

나나는 그런 제 친구의 제안이 싫지는 않아 보였습니다. 하지만 부끄럼이 많은 소녀라서 처음 보는 친구들과 네일숍을 가고 안마를 받으러 가는 게 좀 부담스러워 보였습니다. 그리고 그런 뷰티 관리는 태어나서 한 번도 받아 본 적이 없었기 때문에 어려워하는 부분도 있었고요.

나나는 정중히 거절하였고 이내 못 아쉬운 제 친구는

— 그럼 내일 같이 밥 먹자! 시간 괜찮아?

라고 초롱초롱한 눈빛으로 제안을 했습니다.

그것마저 거절할 수 없었는지 나나는 오케이를 했고

친구는 아니 신이 나 하면서 기분 좋은 나머지 나나 손을 잡고 빙빙 돌기세웠습니다.

친구들은 나나와 이야기를 사이좋게 나누고 있는 와중에도 근데 왜 한 의자를 띄어서 옆에 앉은 건지, 제 머릿속은 그 생각을 떨쳐 버릴 수가 없었습니다.

다음날이 되었습니다.

나나의 아르바이트 시간은 오후 3시에 끝이 납니다. 약속 장소는 나나 커피숍 근처의 쇼핑센터로 정하고 4시에 만나서 늦은 점심을 먹기로 했습니다. 저와 제 친구들 그리고 교수님까지 모여서 나나와 함께 식사를 하기로 했습니다.

교수님은 제게 살짝 다가오시더니 옆구리를 콕 찌르면서 속삭였습니다.

―아 오늘 걱정 마. 내가 확실하게 밀어줄 테니까~.

'아니 안 그러셔도 돼요….'

나나가 5시에 만나자고 연락이 왔습니다.
왜 그러냐고 하니 집에 들렀다가 오고 싶다는 겁니다.
왜 집에 들렀다가 오냐고 물으니 해맑게 이야기합니다.

―카메라 챙겨 가고 싶어요.

나나의 보물 중 하나가 DSLR 카메라입니다. 그리고 사진 찍는 것이 취미이지요. 간만에 친구들(?)과 나들이를 나가니 카메라를 챙겨오고 싶은가 봅니다. 그러라고 했고 우린 적당히 시간을 때우다가 5시에 쇼핑센터로 향했습니다.

나나는 먼저 와서 기다리고 있었습니다.

커피숍 밖에서 만나는 건 처음이라 저도 조금 긴장을 했습니다.

저 멀리서 손을 흔들면서 총총걸음으로 다가오는 나나의 모습은 작고 예뻤습니다.

어느 글이나 시에서 보는 작은 소녀의 천진난만,

그 말 그대로였습니다.

나나는 한식당을 가본 적이 없다고 했습니다. 그래서 우린 쇼핑센터에 있는 한국 갈빗집으로 가기로 했습니다.

한국 식당의 특이점인 많은 반찬을 보면서 나나의 눈은 휘둥그레졌고 (베트남은 반찬의 개념이 없으니까요.) 신기하듯이 이건 뭔지 저건 뭔지 물어보았습니다. 그리고 그 식사는 정말… 맛이 없었습니다.

왜인지 모르겠지만 모두들 약간 실망한 눈치였습니다만 나나는 처음 먹어보는 한국 불고기가 맘에 들었는지 아구아구 잘도 먹었습니다.

그렇게 식사를 끝내고 후식을 기다릴 때 늘 묻는 말에 대답만 했던 나나가 처음으로 손을 들더니 모두에게 할 말이 있다고 했습니다.

'응? 무슨?'

나나는 가방에서 노트를 하나 꺼냈고 나를 한번 쳐다보더니 얼굴이 벌게진 채로 노트를 펴들었습니다.

노트 안에는 한국어로 적힌 편지가 있었습니다.

그 편지를 읽어 주겠다는 겁니다.

한국어 밑에 영어발음으로 써넣은 편지는 짧지만, 우리를 감동시키기에 충분했습니다.

아….

그 편지 내용은 아직도 생생히 기억합니다.

하….

우리 모두는 편지를 읽는 내내 한마디도 하지 않고

틀렸다고 지적하지도 않고

한 번도 나나에게 눈을 떼지 않고

턱을 괴고 너무나 흐뭇한 표정으로 나나를 바라보았습니다.

그리고 전 그 편지를 읽는 나나의 모습에
그날 그 시간에 진심으로 저는 반해버렸습니다.

지금도 생생히 기억합니다.
그때 그 편지를 보던 나나의 눈과
편지를 읽던 나나의 입술과
편지를 쥐고 있던 나나의 손.
시끌시끌한 식당에서
편지를 읽던 조그만 나나의 목소리는
그때의 나나는 저에게 정말 완벽한 하모니였습니다.
저뿐 아니라 함께 있던 교수님과 친구들 모두가 나나한테 반해 버렸습니다.

편지를 다 읽은 후 쑥스러워하면서 우리 눈치를 보던 나나에게 친구들
은 한국어로 감탄사를 연발하기 시작했습니다.
나나는 자신에게 쏟아지는 이해 못 하는 한국말들에 '???'라는 표정으
로 나에게 도움을 청했지만…
나는 그런 나나를 빤히 쳐다보느라 정신이 팔려서 별 도움이 되질 못했
습니다. 하하.

감동적인 식사시간이 끝나고
우리는 호안끼엠으로 가서 즐거운 시간을 보냈습니다.
호안끼엠은 많은 관광객과 젊은이들이 찾아오는 하노이의 핫플레이스
입니다. 우리나라로 치면 홍대, 신촌 혹은 압구정 같은 장소이지요.

저야 출장 기간 중에 주말에 심심하면 나오던 장소였지만, 친구들은 호안끼엠이 처음이었기에 사람 구경하느라 명소 구경하느라 정신이 없었습니다.

나나는 그런 제 친구들을 졸졸 쫓아다니면서 사진 찍어 주느라 정신이 없었고요.

— 사진 찍는 게 좋아요?
— 네, 사진 찍는 거 너무너무 좋아해요.
— 찍히는 건 별로 안 좋아하고?
— 아뇨 사진 찍히는 것도 좋아하는데 사진 찍어 줄 사람이 없어요. 친구들이 사진 찍을 줄 몰라요….

저는 씩 웃으면서 손을 내밀었습니다.

— 그럼 내가 찍어줄게요.

나나는 어리둥절한 표정으로 저를 보았습니다.

— 내 카메라로요?

'끄덕끄덕.'

—이거 다룰 수 있어요?

저는 씩 웃으면서

—일단 줘봐요.

나나는 반신반의의 표정으로 카메라를 저에게 건넸습니다.

저는 카메라를 받자마자 아주 능숙한 손놀림으로 세팅을 하고 시범 샷을 몇 번 찍었습니다.

나나는 오오오오!! 하면서 그런 저를 빤짝빤짝 바라보았습니다.

그럴 수밖에 없었던 이유는

나나의 카메라는 제가 가지고 있던 카메라와 똑같은 기종과 모델의 카메라였습니다. 제가 그 카메라만 5년 넘게 가지고 다녔는데 당연히 능숙할 수밖에 없었지요. 하하하!

저는 나나의 카메라를 들고 나나의 사진을 여러 번 찍어 주었고, 친구들과 함께 사진도 여러 장 찍어 주었습니다.

나나는 한껏 기대에 부푼 표정으로 사진을 확인했습니다.

그리고 한마디 했습니다.

—사진 잘 못 찍는구나!

흠….

— 영상 전문이지 사진 전문은 아냐 내가….

— 변명도 참….

키득거리는 나나의 모습에서 저와 나나는 좀 더 가까워졌다는 걸 느꼈습니다.

호안끼엠 거리를 걷는 내내 둘이서 이런저런 이야기도 많이 하였고, 나나는 저를 톡톡 때리면서 장난도 치기 시작했죠.

그런데 마침 부슬비가 오기 시작했습니다.

비가 올 줄 몰랐던 우리는 우산이 있을 리 만무하였죠.

교수님과 친구들은 이런 것도 추억이다! 하면서 하하 호호 비를 맞으며 거리를 누볐습니다만….

저는 비를 맞고 우리 뒤를 쫓아다니는 나나가 신경 쓰였습니다.

그래서 전 나나 옆에 서서 두 손으로 나나의 머리를 가려 주었습니다.

나나는 놀란 듯이 토끼 눈을 뜨고 저를 바라보다가 금방 휙 고개를 돌려 앞으로 좀 더 빨리 걸어갔습니다. 저도 나나를 졸졸 쫓아다니면서 계속 손바닥으로 머리를 가려 주었습니다.

나나는 그때는 저에게 한마디도 하지 않았습니다.

저도 나나에게 별말을 하지 않았습니다.

그냥 우리 둘은 조용히 비 오는 거리를 걸었습니다.

그렇게 더 둘이 걷고 싶었지만….

우리 앞에는 이런 발랄한 친구들도 있었고, 빗줄기가 굵어지는 거 같아서 우리는 커피숍에 들어갔습니다.

커피숍에서 이런저런 이야기를 나누다가

나나가 또 우리에게 뭔가를 줄 게 있다면서 가방에서 꺼냈습니다.

─이거 한 분씩 드릴게요!

─뭔데 이게?

아 이거!!!

…….

이게 뭐지…?

합판에 하노이에 명소들이 새겨진

요렇게 생긴 물건인데, 어디에 쓰는 물건인지 몰랐습니다.

다들 선물을 받아서 기분은 좋았지만, 이걸 어떻게 써야 하나…, 라고 골똘히 생각하던 차에 발견하였습니다

그 합판 안에 카드가 들어 있던 겁니다. 그 카드에 편지를 써서 넣어 합판 안에 넣어 놓는 거였습니다.

나나는 그렇게 카드 써서 넣는 거 맞다고 손뼉을 짝짝 치면서 좋아했고, 저는 잠시 그 카드를 바라보다가….

―이거 안에 편지를 써서 줘야 되는 거 아냐?

이렇게 말했습니다.

나나는 에이 그런 게 어딨느냐고 하면서 손사래를 쳤습니다. 하지만 저는 포기 하지 않고 한마디씩이라도 적어 달라고 보챘습니다.

나나는 어떡하나 한참을 고민하다가….

나나는 옆에 앉아 계시던 교수님에게 뭔가를 속닥 속닥거리는 겁니다.

교수님은 갑자기 빵!!! 터지셔서 깔깔거리면서 웃으셨고 나나는 얼굴이 벌게진 채로 '쉿쉿'거리면서 말하지 말라고 했습니다.

그리고 나나는 제 카드를 뺏어 가서 교수님과 함께 카드에 무언가를 적기 시작했습니다.

보나 마나 욕을 적었을 거로 생각했습니다. 네.

이제 좀 친해 졌겠다 장난도 치고 싶었겠죠.

한참을 낑낑거리다가 교수님이 "응 맞아 잘 썼어!"라고 하셨고 나나는 쑥스럽게 웃으면서 저에게 카드를 건네주었습니다.

난 무슨 내용을 적었는지 궁금해서 카드를 꺼내 보려던 찰나에 나나와 교수님이 동시에 외쳤습니다

― 집에서 봐!!!

아이 깜짝이야….

뭐여… 이 사람들….

교수님은 깔깔거리면서 웃고 있고 나나는 쑥스럽게 저에게 고개를 돌리고 있고….

카드내용이 더욱더 궁금했습니다.

하지만 그들 앞에서 카드를 꺼내볼 수는 없어서 조용히 가방에 넣었습니다.

그렇게 서로 장난도 치고 농담도 하면서 즐거운 시간을 보냈습니다.

함께 더 있고 싶었습니다.

물론 방해꾼(?)들이 있었지만 언제 또 이런 시간이 있을지 모른다고 생각이 드니 조금만 더 함께 있고 싶었습니다.

하지만 나나는 피곤해 보였습니다. 하품을 연신 내기 시작했지요.

빗줄기도 점점 굵어지기 시작하면서 이제 돌아갈 수밖에 없었습니다.

호안끼엠에서 숙소까지는 거리가 좀 있어서 택시를 탔어야 했는데….

아니 이 친구들이 교수님과 함께 먼저 가버린다고 우리 둘을 두고 택시 타고 슝 하고 가버린 겁니다.

— 최 팀장님! 우리 먼저 들어가 있을게 천천히 와요!

— 네? 왜 같이 안가고요? 저기요? 저기요!? 윙크는 왜 하는데요!??

'나 참 어이없고 고마워서 정말….'

어쨌든 단둘이 처음으로 거리에 서 있었습니다.

비 오는 거리에서 건물 처마 밑에 비를 피하면서 택시를 부르려고 하는데 나나의 표정이 좋지 않았습니다.

조금 전만 해도 그렇게 신 나게 웃고 떠들던 소녀가, 웬일인지 시무룩하게 고개를 숙이고 있었습니다.

'내가 무슨 잘못한 거야? 아니면 둘이 있기 싫은 건가?'

택시도 못 잡고 안절부절못하고 있었던 찰나에 나나는 말을 꺼냈습니다.

― 10일 남았어….
― 응?
― 미스터 초이 한국 가는 거 10일 남았어요.

'아, 그 말이구나…. 그걸 세고 있었어?'

저는 허허거리면서 머쓱하게 웃고 있었는데 나나가 저를 보면서 이렇게 말했습니다.

― I HATE YOU.
― …….
― 왜…?

내가 무슨 잘못을 한 것인지 아닌지 몰라서….
뜬금없이 내가 싫다고 하는 이유를 듣고 싶어서 저는 왜냐고 되물었습니다.

— 한국 가잖아. 나랑 약속했잖아 한국말 가르쳐 주기로 약속했잖아. 근데 한
　국 가잖아…. 그럼, 나랑 친구 하자는 말, 한국어 가르쳐 준다는 말. 그런
　말을 왜 한 거예요?
— 아니 나는… 한국에서도 연락할 수 있잖아. 메신저로 연락하면 되잖아.
— 싫어요. 못 믿어.

나나는 금방이라도 울음을 터트릴 표정으로 고개를 숙이고 있었습니다.

— 꼭 연락할 게. 매일 연락할게. 약속할게.
— 정말…?
— 응 약속할게.
— …….

한참을 둘이 말이 없이 서 있다가 나나는 말을 꺼냈습니다.

— 사실 어제 어떤 손님이 와서 나한테 전화번호 가르쳐 달라고 했어요.

'아…. 그 색…. 아니 그 남자.'

— 근데 내가 뭐라고 한 줄 알아요? 저기 저쪽에 한국 남자 보이냐고. 나 저
　사람 좋아한다고 말했어요. 그러니까 나한테 그런 말 하지 말라고 했어요.
— …

'응?'

—나 초이 씨 좋아하나 봐.

나나는 그렇게 이야기를 했습니다. 빗소리에, 택시 빵빵거리는 소리에, 오토바이 부아앙~. 시끄럽게 지나가는 소리에 사람들 정신없이 떠드는 소리에도 확실히 그 말을 들었습니다.

온몸이 뜨거워졌습니다. 입술이 떨렸고, 제 얼굴이 화끈거리는 게 아마도 벌게졌던 거 같습니다.

나나는 잠시 가만히 있더니 말을 이어갔습니다.

—근데 초이가 날 좋아할 리가 없다고 생각했어. 난 평범한 아이니까. 내가
　혹시 싫을까 봐.
　옆에 앉아 있지도 못했어요. 그래서 이야기도 못 했고…. 메신저도 못했어
　요…. 자주 하면 내가 부담스러울까 봐…. 근데 당신이 커피숍에 올 때 너
　무 기분이 좋았어요.
—아니 내가 무슨 그렇게 대단한 사람이라고….
—아니에요. 당신은 저한테 충분히 멋져요. 근데 난 그냥 평범하니까 나 안
　좋아 할거라 생각했어요. 미안해요. 이런 말 안 하려고 했는….
—나도 너 좋아해.
—….
—응…?

나나는 놀란 눈으로 나를 바라보고 있었습니다.

나는 나나의 손목을 잡으면서 말했습니다. 나도 용기가 없어서, 이 소녀가 날 좋아할 리가 없다고 생각했어서….

그리고 우린 단지 친구일 뿐이라고 내 감정은 그 선을 넘으면 안 된다고 다짐하고 있어서….

스스로에게 부정하고 있었던 그 말을 전했습니다.

'나도 너 좋아해.'

나나의 손목을 잡고 있던 제 손은 어느새 나나의 손을 잡고 있었습니다.

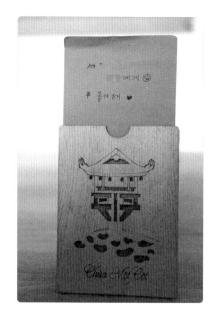

8

그리고 카운트다운

그날 숙소로 돌아가는 택시를 나나와 함께 탔습니다.

손은 놓지 않고 계속 잡고 있었지요.

많은 이야기를 하진 않았습니다. 그냥 오늘 먹었던 음식 이야기, 사람이 많았던 호안끼엠 이야기, 한국 티브이 프로그램 이야기.

늘 그랬던 것처럼 우리가 메신저로 나눴던 이야기 주제들이었지요.

하지만 손은 놓지 않았습니다.

택시 라디오에서 '마이클 런스 투 록'의 노래가 흘러나왔습니다.

⟨25 Minutes⟩

정말 오랜만에 들은 그 노래….

저는 이 노래 어렸을 때 영어 개뿔도 몰랐을 때 그냥 흥얼거리면서 들었습니다.

근데 지금은 영어 조금 듣는다고 영어 가사가 들립니다.

물론 그때도 그랬고요.

after some time I've found made up my mind

she is the girl and I really want to make her mine

I'm searching everywhere to find her again to tell her I love her

…… I'm searching everywhere to find her again to tell her I love her….

이 가사가 가슴에 닿아서 가물가물했던 그 노래를 옛 추억에 따라 부르기 시작했습니다. 그런데 나나가 조용히 같이 따라 부르는 겁니다.

— 이 노래를 알아?

— 그럼요. 마이클 런스 투 록. 나 올드 팝 좋아요.

키득거리는 나나의 얼굴을 바라보면서 노래를 들었습니다.

노래 가사는 고백이 늦어버린 남자가 여자의 결혼식을 바라보는 내용이지요. 25분이 늦어서 하지 못한 고백의 결과는 그녀의 웨딩드레스를 멀리서 바라보는 것….

그래요.

그렇게 되고 싶지 않아서 좀 더 나은 남자가 되면 말하려고 했던, 다시 하노이에 돌아온다면

이 소녀가 혹시나 날 기억하고 있다면

전해주려 했었던 그 말.

그날 전 그녀에게 전했습니다.

대답은 듣지 못했어요.

그냥 정말? 정말? 이런 말만 들었고 나는 고개만 끄덕였고

우린 손을 잡고 있었지요

숙소로 돌아가는 그 짧은 시간 동안 생각은 하지 않았습니다.

자기의 마음을 용기 내서 말해준 이 소녀가 매우 고마웠고

내 맘과 같아서 너무 다행이었고

지금 잡고 있는 이 손이 너무 작아서

내 손에 꼭 들어가서 너무 좋았습니다.

그리고 저의 숙소에서 내린 뒤에 나나를 다시 숙소에서 집으로 보냈습니다.

나나는 나나의 오토바이에 시동을 걸고 활짝 웃으며 말했습니다.

—오늘 너무 재밌었어요.

—나도.

—내일 볼 거죠? 우리.

—그럼! 당연하지.

—헤헤 알았어요. 내일 봐요~.

오토바이를 타고 슝 하고 떠난 나나의 뒷모습을 한참을 바라보았습니다.
나나가 시야에서 사라지고 한참 뒤에 전 호텔로 들어왔죠.
교수님이 나오셔서 물어보셨습니다. 아니 로비 뒤에서 숨어있었나 봅니
다. 제가 호텔에 들어서자마자 어디선가 불쑥 튀어나와선 물어보셨습니다.

―어떻게 됐어요?!!!
―흠….

엄지 척!

―거봐 그럴 줄 알았다니까! 만세!

저보다 더 기뻐하시는 교수님의 모습을 보고 멋쩍게 웃었습니다.
하하하.

―자 그럼 어떤 일이 있었는지 한번 말씀해 보실까?

하하하.

―어? 어디가? 최 팀장님? 내 방은 저쪽인데?

하하하!

— 안녕히 주무세요. 교수님!

그리고 무슨 일이 있었는지 두근거리는 대는 얼굴로 물어보시는 교수님의 모습을 멋쩍게 무시(?)하고 방에 들어가 누웠습니다.

불과 한 시간 전에 알았던 나나의 마음. 그리고 확실해 졌던 나의 마음. 뭔가 되게 꿈같이 느껴졌던 찰나의 순간을 다시 되뇌며 멍하게 천장을 바라보았습니다.

여러 가지 생각이 들었습니다.

둘의 마음을 확인하였으니 자 이제 다음엔 어떡한다…? 앞으로 이젠 어떻게 하여야 하나? 너무 마음만 앞선 게 아닐까 라는 불안한 감정도 어느 정도 들었을 때….

그때 나나의 메시지가 왔습니다.

— 우리 이것저것 생각하지 말고 하루하루에 충실하도록 해요.

어쩌면 나보다 더 어른스러울지 모르는 이 소녀…. 나나는 어쩌면 저보다 더 많은 고민을 했을지도 모르지만, 우리에게 주어진 열흘 동안 나나는 저와 후회 없는 추억을 만들고 싶다고 했습니다.

맞아요.

오늘까지 10일이 남았지만, 어차피 지나갈 시간, 아쉬워하지 말고 나나의 말처럼 하루하루를 소중히 하기로 마음먹었습니다.

그렇게 남은 열흘 동안 우린 매일 같이 만났습니다.

9일 남았습니다.

나나가 있는 커피숍에서 친구들과 커피를 마시고, 여자 사람 친구가 나나와 함께 네일숍에 가고 싶어했지만, 부끄럼 많은 나나를 설득하지 못했습니다.(상당히 아쉬워했습니다.)

친구들은 나나에게 꼭꼭 꼭 한국으로 오라는 협박(?)을 하고 한국으로 돌아가는 친구들을 배웅해 주었습니다.

그날 나나의 휴대전화기 잠금화면을 어쩌다 보게 되었습니다. 어딘가 익숙한 모습….

제 사진이었습니다. 언제 찍었는지 몰래 간직하고 있었던 사진 중 하나를 잠금화면으로 해두었더군요.

저도 제 배경화면을 언젠가 나나가 저에게 보내준 사진으로 바꾸었습니다. 물론 아직까지 그 배경화면을 바꾸진 않았습니다….

8일 남았습니다.

교수님께서 저보다 먼저 한국으로 돌아가는 날입니다. 나나는 교수님과 헤어지는 것을 무척이나 아쉬워했습니다. 교수님은 껄껄 웃으시면서 우리는 꼭 다시 만날 거니까 걱정하지 말라고 하셨고 미스터 초이 잘 부탁한다고 말씀하셨습니다. 나나는 살짝 저를 흘겨보더니….

— 저랑 상관없어요. 교수님 가지 마세요.

어우, 야….

교수님은 껄껄거리면서 웃으셨고, 나나도 저에게 혀를 날름거렸습니다. 어찌 저보다 죽이 더 잘 맞는 둘입니다. 둘이서 귓속말도 자주 하고 저를 보면서 깔깔 웃기도 하고…. 그냥 제가 한국으로 가는 게 더 나을 거 같은 기분은 뭘까요? 허허허.

교수님은 나나에게 수수께끼 좋아하느냐고 물으셨습니다. 궁금증이 많은 나나는 아주 좋아한다고 세차게 고개를 끄덕였습니다.
교수님은 한국에서 유명한 '누가 더 손해인가?' 퀴즈를 나나에게 주었고 나나는 흥미로운 눈빛으로 초롱거리면서 그 수수께끼를 풀기 시작했습니다.

— 보석가게 주인이… (중얼중얼…)

교수님이 공항으로 가는 택시를 탈 때까지도요.

— 잔돈이 30만 원… (중얼중얼…)

교수님 보고 가지 말라고 한 건 언제고….

― (중얼중얼…) 이거 아닌가? (중얼중얼…)

교수님이 짐을 가지고 나가는 그 순간까지도 나나는 공책을 펴고 끙끙대다가 교수님이 택시를 타고 창문을 열고 인사를 할 때서야 "핫!" 하더니 교수님에게 작별인사를 건넸습니다.

그리고 교수님의 택시가 떠나자 나나는 다시 공책에 고개를 파묻고 퀴즈를 풀기 시작했습니다.

그 퀴즈 아직도 못 풀고 있을 겁니다. 아마.

7일 남았습니다.

― (초이) 영화 보러 갈까?
― (나나) 정말? 무슨 영화?
― (초이) 미녀와 야수
― (나나) 나 디즈니 완전 좋아해요!
― (초이) 나도!

얼씨구나 둥둥~.

베트남에도 CGV가 꽤 있는데(CJ 놀랍다…) 영화 값이 우리나라의 60% 정도입니다. 스크린도 괜찮고요. 팝콘도 싸요.

전 큰맘 먹고 스위트 좌석을 끊었습니다. 그래도 우리나라 돈으로 만 오천 원밖에 하지 않습니다.

— (나나) 와 여긴 처음 앉아봐.
— (초이) 나⋯. 나도
— (나나) 정말?
— (초이) 응, 정말.
— (나나) 쓰읍⋯. 전 여친이랑 와 본 적 없어요?
— (초이) 씁⋯. 없는데⋯.
— (나나) 거짓말!
— (초이) 진짜야.
— (나나) 날 보고 이야기해.
— (초이) 영화 할 땐 영화를 봐야지 널 보면 안 되지⋯.

6일 남았습니다

나나는 에스컬레이터를 무서워합니다.

같이 에스컬레이터를 타려다가 나나가 발을 못 내밀어서 저만 타고 내려올 뻔한 적이 한두 번이 아니었습니다.

그때마다 에스컬레이터 앞에서 주춤대는 나나를 보면서 키득거렸습니다.

— (초이) 아니 뭐가 그렇게 무서워?

— (나나) 아…. 안 무서워!

— (초이) 근데 왜 못 타는 거야?

— (나나) …조심해서 나쁠 건 없잖아요….

그날 오후에 시내 커피숍에서 시간을 보냈습니다. 나나는 대학교 과제를 쓰고 전 남은 업무 일지를 썼지요. 나나는 본인의 성격과 달리 과제에 집중하지 못했습니다. 저는 왠지 엄청 집중되었고요. 신 나게 일하고 있는 내 모습을 몰래 사진 찍기도 하고 내 커다란 헤드폰으로 음악을 들어보기도 하고 최대한 저를 방해하지 않으려고 하는 거 같기는 한데…. 오히려 주위에서 알짱(?)거리는 게 귀여워서 그 모습이 더 방해가 되었습니다.

업무 일지를 대충 마무리 짓고 나나가 무얼 하나? 봤더니 운동화를 보고 있었습니다.

저는 운동화 정말 좋아합니다. 거의 마니아입니다.

컬렉션이 있진 않지만 신고 다니는 운동화만 20켤레 정도 됩니다. 모델 상관없이 예쁘면 그냥 삽니다. 하하.

나나도 운동화를 정말 좋아했습니다. 그래서 너무 기뻤습니다. 서로가 취향이 비슷해서 말이에요. 나나가 요즘 푹 빠진 운동화가 하나 있었는데 그걸 친구가 신고 왔다고 했습니다. 나나는 티는 안 냈지만, 상당히 질투했다고 하더군요. 베트남 운동화 가격은 우리나라와 똑같습니다. 10만 원 내외지요. (아디다스나 나이키)

그래서 그 운동화 맘에 들어? 하나 선물해 줄까? 했다가 호되게 혼났습니다…….

　— 왜 선물해 주려고 해요? 이 비싼걸? 난 필요 없어요. 나중에 내가 돈 모아
　　서 살 거야.

'엑…….'

　— 미스터 초이가 나한테 사줄 수 있는 건 조그만 인형이나 머리핀 이 정도면
　　충분해요.
　— 아… 으응….
　— 만일 비싼 거 사주면 나 진짜 화낼 거야. 알았죠?
　— 네….

5일 남았습니다.

나나는 스테이크를 한 번도 먹어본 적이 없다고 했습니다.
　그래서 교수님들과 자주 갔던 단골 수제 햄버거&스테이크 레스토랑으
로 갔습니다.
　나나는 가격표를 보고 눈이 휘둥그레졌습니다. 허허 웃으면서 같은
퀄리티에 한국 가격을 알려주니 눈이 빠져나오게 놀랬습니다. (정확히 그
레스토랑의 수제버거 세트는 원화로 7천 원 정도였고, 스테이크는 2만 원이었습
니다.)

저는 스테이크를 썰면서 먹는 편이지만 아직 칼질이 서툰 나나를 위해 먹기 좋게 잘게 썰어 두었습니다.

하지만 나나는 스테이크는 입에 대지도 않고 햄버거에 푹 빠져서 소스를 뚝뚝 흘리면서 어린아이처럼 빵을 입에 가져갔습니다.

입가에 묻은 소스를 닦아주면서 "맛이 괜찮아?"라고 물으니 대답 대신 헤헤 웃으며 고개를 세차게 끄덕거렸습니다.

— 난 정말 행운아인가 봐.

— 응?

— 미스터 초이 아니었으면 이런 데도 모르고 못 와봤을 거 아녜요.

— 하하하하하하 그런가….

　근데 여긴 하노이고 여기 너네 동네거든…?

내가 더 잘 아는 게 이상한데?

4일 남았습니다.

나나는 라바를 무진장 좋아한다는 걸 알았습니다. 나나의 가방에는 라바 인형이 매달려 있고 나나 침대에는 큰 라바 인형이 있습니다. 솔직히 전 라바가 왜 귀여운지 모르겠지만 이게 나나는 세상에서 제일 귀엽다고 합니다. 대한민국 대표 캐릭터인 카카오톡과 라인 캐릭터들을 보여줬는데 역시나 라바가 최고라고 합니다.

자신이 너무 힘들 때 우연히 라바 애니메이션을 봤는데 너무 많이 웃어서 스트레스가 확 풀렸다고 합니다. 그래서 스트레스를 받거나 너무 힘들 때 꼭 라바를 시청한다고 하더군요.

하지만 그날에 나나는 저에게 오는 도중에 가방에 달려있던 라바 인형을 잃어버렸습니다.

하루 종일 풀이 죽어있었지만, 나에겐 그런 티를 안 내려고 많이 노력하는 게 보였습니다.

나나를 보내고 그 다음 날 아침까지 라바 인형을 사러 하노이를 전부 쥐잡듯 돌아다녔습니다.

결국 라바 인형은 사지 못했습니다. 한국에서는 발에 채듯이(?) 많던 라바가 여기선 왜 이렇게 구하기 힘든지…. (정식 수입 안 되어 있는 카톡 캐릭터가 더 구하기 쉬웠습니다.) 아쉬운 대로 대체용으로 나나를 닮은 병아리 인형을 샀지만 석연치가 않았습니다.

3일 남았습니다.

나나는 상당히 깔끔한 성격입니다.

심한 편은 아니지만 정리벽이 약간 있습니다. 그날도 그랬습니다.

그날은 나나가 호텔로 놀러 오기로 한 날이었습니다.

로맨틱 한 분위기를 내볼까 어쩔까 했던 저의 계획은 라바 인형을 구하러 다니느라 시간이 없어 전부 일그러지고….

설상가상으로 호텔 방 청소 부탁도 하지 않아서 방이 좀 어지럽혀져 있었습니다.

나나는 제 방에 들어오더니 저를 한번 찌릿 쳐다보고는 방을 정리하기 시작했습니다.

저는 제 방을 누가 정리를 해 주는 걸 좋아하지 않습니다. 이유는 내 물건을 누가 건드는 걸 싫어하는 게 아니라(오히려 제 걸 이것저것 가지고 놀아주는 걸 좋아합니다.) 내 방은 내가 정리하는 것인데 다른 사람이 해 주면 미안한 감이 들었기 때문입니다. 그래서 항상 아침에는 간단하게라도 방 정리를 하는 편인데 그날은 그놈의 라바 땜에….

방 정리를 하는 나나를 보면서 안절부절못하고 있는 나를 보고 나나는 그냥

— 저기 앉아있어요!

라고 하고 침대 모퉁이에 나를 앉혀 두었지만 제 마음은 편치 않았습니다. 방 정리하지 말라고 이야기했는데 듣는 둥 마는 둥….

어떻게 하지 고민하다가 라바 생각이 났습니다. 부랴부랴 노트북을 틀어 넷플릭스에 있는 라바 애니메이션을 틀었습니다.

나나는 정리를 하다가 라바 소리가 나는 쪽으로 고개를 휙 돌리더니 어느새 제 옆에 앉아 라바를 보기 시작했습니다.

조심히 노트북을 나나에게 쥐여주고, 나나가 평소 좋아하던 스낵을 뜯어서 옆에 두었습니다. 나나는 조용히 라바를 보면서 한 손엔 과자를 쥐고 시시덕거리기 시작했습니다.

전 평안을 얻었습니다.

2일 차

나나의 가방에 어제 몰래 달아놓은 병아리 인형을 발견했습니다. 기분이 좋았지만 그래도 석연치는 않았습니다. 나나는 그날 커피숍 알바비를 받았습니다. 그리고 저의 선물을 사주었습니다. 조그만 카카오톡 라이언 인형과(저의 라이언노트북 파우치를 보고 샀나 봅니다.) 토토로 휴대전화기 케이스를 사주었습니다.

저는 매우 기뻤습니다. 하지만 이런 선물을 받아도 되는 것인지…. 미안한 감이 있었습니다.

첫 월급을 저한테 쓰는 게 좀 마음에 걸리기도 했고요. 하지만 그보다 기쁜 마음이 더 컸기에 방글방글 웃고 있기만 했습니다. 나나는 제 휴대전화기를 가져가더니 직접 얼른 핸드폰 케이스를 씌워 보았습니다.

— (초이) 어…. 저기 나나?
— (나나) 응?
— (초이) 내 휴대전화기 아이폰 6인 거 알지?
— (나나) 응.
— (초이) 근데 이건 아이폰 7용인데?
— (나나) 뭐?!

나나는 놀라면서 핸드폰 케이스를 이리저리 둘러보았고 이내 막혀있는 이어폰 구멍을 보았습니다. 나나는 상당히 실망했습니다. 하지만 전 전혀 개의치 않았습니다.

왜냐하면….

— (초이) 나 블루투스 이어폰 써. 걱정 마.

나나는 다행이라고 했지만 그래도 시무룩한 표정은 감출 수가 없었습니다. 그래도 전 그 핸드폰 케이스가 상당히 맘에 들었습니다.
덕분에 블루투스 이어폰도 구매할 예정이고요. 하하하.

1일 남았습니다.

마지막 남은 저녁.
전 근사한 레스토랑에서 저녁을 함께하고 싶었지만 나나는 거절했습니다. 그 대신 제 방에서 제가 제일 좋아하는 베트남 음식인 반미를 먹기로 했습니다.
나나는 시끄러운 밖에서 저녁을 먹는 거보다, 조용한 곳에서 이야기를 나누고 싶어했습니다. 그래서 반미를 들고 방으로 들어와서 둘이서 이런 저런 이야기를 하면서 저녁을 먹었습니다.

나나는 제 핸드폰을 정면에 세워 두고 둘이 반미를 먹는 장면, 우리 둘이 두런두런 이야기하는 장면을 동영상으로 촬영했습니다.
정말 별말 없이 빵을 뜯어 먹는 장면.
그리고 정말 시답잖은 이야기를 나누는 장면이지만 나나는 상관없이 계속 촬영하길 원했습니다.

무슨 말을 하는 거보다 둘이 같이 있는 게 중요하다면서….

한국으로 돌아갔을 때 혹시 자기가 보고 싶어지면 이 영상을 보라고 말이에요. 지금도 가끔 꺼내 보곤 합니다.

처음처럼 자주는 아니지만요.

이제 한국으로 돌아갈 날입니다.

9

서로의 길에 서서

한국으로 돌아갈 날입니다. 6개월간의 하노이 생활을 마치는 날….

그리고 나나와 기약 없는 이별을 하는 날이기도 합니다.

하지만 슬프거나 하지는 않았습니다. 이른 시일에 돌아올 수 있다고 믿고 있었기 때문이죠.

왠지 모르지만 그럴 거 같았습니다.

그동안 정들었던 현지 사무실 직원들과 작별인사를 했는데 그게 더 아쉬웠습니다. 친구들이 선물도 바리바리 싸서 주고 몇몇 직원들은 울기까지 해서 그동안 더 잘해줄 걸 하고 후회했습니다. 하하.

아 제가 나나를 만난다고 이야기를 그때 처음 했습니다. 그러니까 직원들은 울음을 그치고

―아, 조만간 다시 돌아오겠네.

─난 또, 이제는 영영 안 올 줄 알았지.

─선물 돌려줘!

라고 한마디씩 하면서 각자 자기 자리로 돌아갔습니다….

뭐야, 이 녀석들….

어쨌든 그동안 감사했던 직원들과 모든 근처 친구들에게 아쉬운 작별 인사를 건네고, 나나가 있는 커피숍으로 갔습니다.

나나는 알바를 마치고 제가 끝날 때까지 기다리고 있었습니다.

한편으로는 나나가 울면 어쩌지? 너무 슬퍼하면 어쩌지 하고 걱정을 했었습니다만…

전혀… 그런 기색 없이 평소대로 반갑게 인사를 하면서 저를 맞이해 주었습니다. 우리는 근처 베이커리 가게를 가서 간단한 음료를 마시면서 앉아있었습니다.

나나는 부끄럼이 많아 사람들 많은 곳에서는 손을 잡지 않습니다. 하지만 그때는 내내 제 옆에 앉아 제 손을 잡고 앉아있었습니다.

웬일이야? 손을 다 잡고? 사람들도 있는데….

─마지막 날이니깐….

그 마지막이라는 말이 갑자기 가슴 한 켠에 찌릿하고 들어왔습니다.

─무슨 말이야. 그런 말 하지 마. 난 다시 돌아올 거야.

나나는 그 말을 듣더니 정말? 하고 한번 되물었습니다. 저는 고개를 끄덕였고 나나는 새끼손가락을 내밀었습니다. 새끼를 걸고 이리저리 장난을 치는 게 나나는 재밌다는 듯이 까르르거렸지만 전 그때 그 어떤 때보다도 진지했습니다.

나나가 아! 하더니 가방에서 주섬주섬 무언가를 꺼냈습니다. 편지였습니다. 저의 이름이 적혀있는 손바닥만 한 핑크색 편지지에 빼곡히 무언가가 적혀 있었습니다.(편지를 공개할까 했는데 저번 카드와는 달리 프라이버시가 있는 관계로 자제하겠습니다.)

내용은 간단하게 말하자면 이렇습니다.

'당신을 만나서 너무 기뻤어요. 한국에 돌아가면 꼭 연락해 주세요.
그리고 나를 절대 잊지 마요.'

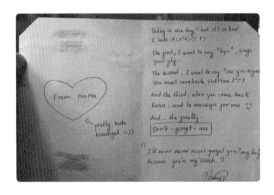

편지를 받는 걸 상당히 좋아하는 저로 썬 너무나 고마운 선물이었습니다. 하지만 "나를 절대 잊지 마요."라는 말이 조금 거슬렸지요. 그래서 "이런 말은 왜 쓴 거야?"라고 물었더니.

―그냥 혹시나 하구….

나는 그런 말 하지 말라고 내가 왜 널 잊느냐며 핀잔을 주었고 나나는 그저 오케이오케이 하면서 헤헤 웃었습니다. 하지만 그 뒤에 쓴 표정이 꽤나 신경 쓰였습니다.

저는 그때 그냥 '에이 아쉬워서 그렇겠지. 또 올 텐데 뭐.'라며 별거 아닌 듯 넘겨 짚었습니다.

근데 편지에 그 흔한 좋아한다 사랑한다는 말이 한마디도 안 적혀 있는 겁니다. 평소에는 그렇게 입에 달고 살더니…. 그걸로 또 핀잔을 주었더니 아무 대꾸도 하지 않은 채 멍하게 앉아있는 겁니다.

그래서 제가 그럼 입술 마크라도 찍어서 줘 라고 했더니 알았다면서 립스틱을 꺼내서 입에 한번 칠한 후 편지에다가 콕 찍어 주었습니다.

마음에 안 들었던지 세 번이나 찍었었습니다. 하하하!

전 편지를 고이 접어 가슴팍 안에 꼭 안았고, 나나는 그걸 보며 배시시 웃었습니다.

하지만 전 아무것도 준비한 게 없었습니다. 그 흔한 카드 하나 쓰질 않았다니, 참 나도 바보 같다고 머리를 꽁꽁 쥐어박고 있는데 나나는 괜찮다고 했습니다. 그동안 자기한테 밥도 많이 사줬고, 그리고 병아리 인형을 들어 보이면서 이것도 있으니 "괜찮아."라고 했습니다.

흠….

전 언제나 제 손목을 지켜 주던 염주를 빼서 나나의 손목에 채워 주었습니다.

그 염주는 저의 이름을 지어주신 분께서 저에게 주셨던 염주였고, 저는 늘 그 염주를 손목에 차고 다녔지요. 그만큼 소중했던 염주였습니다.

나나는 받지 않으려고 했습니다. 그만큼 저에게 의미 있는 액세서리라는 걸 알고 있었으니까요. 하지만 전 나나의 손목에 채워 주면서….

— 주는 거 아니야. 잠시 맡겨 두려고.
— 응?
— 잠시 맡겨 둔다고. 내가 다시 돌아왔을 때 그때 다시 돌려줘. 알았지?

나나의 가녀린 손목에 염주는 조금 컸습니다. 자꾸 흘러내리는 염주를 말없이 쭈물거리면서 나나는 말없이 고개를 끄덕였습니다. 저도 말없이 나나의 머리를 쓰다듬어 주었고 나나는 조용히 저의 어깨에 머리를 기대어 왔습니다.

그리고 저희 둘은 이런저런 이야기를 나누었습니다. 앞으로의 서로의 계획 이야기, 원래 나나의 취업 이야기, 제가 취업했던 회사 이야기, 나나의 가족들, 저의 가족들 등등….

그동안 몰랐던 서로의 이야기를 서로에게 들려주었습니다.

한 시간이 1분 같다는 거. 그때 처음으로 알았습니다. 그럴 수가 있구나, 라고….

그렇게 공항으로 가야 할 시간이 왔습니다. 나나는 저를 공항까지 바래다 주지 않겠다고 했습니다. 저도 원하지 않았고요. 그렇다고 해서 제가 나나를 나나 집까지 데려다 주지 않았습니다. 나나도 그걸 원하지 않았거든요.
우린 우리가 처음 만난 그 커피숍 앞에서 인사를 하기로 했습니다.
커피숍까지 조금씩 가까워지는 것이 싫어서 일부러 걸음을 늦추었습니다. 나나도 제 발에 맞춰서 천천히 걷기 시작했고요. 둘이 무슨 말을 하진 않았습니다.
나나는 나에 대해 생각을 하고 있을 테고,
저는 나나에 대한 생각을 하고 있었으니까요.
굳이 무슨 생각 하냐고 묻진 않았습니다. 그렇게 믿고 싶었어요.
그리고 저의 머릿속엔 온통 어떡하면 이른 시일에 돌아올 수 있을까 라는 생각뿐이었습니다.

그러다 커피숍이 가까워지고 나나는 짧은 말과 함께 손을 흔들었습니다.

— 가요, 이제.

어찌 보면 되게 무심해 보일 수 있었고 내일이라도 만날 듯 안녕이라고 하는 거 같았지만, 전 알 수 있었습니다.

나나는 지금 울고 싶은 걸 억지고 참고 있다는 걸 말이죠.

보내기 싫은 걸 억지로 보낸다는 걸 말이죠.

저는 나나의 머리를 쓰다듬으면서 말했습니다.

— 잘 있으라는 말은 하지 않을게.

나나는 고개를 들어 저를 바라보았습니다.

— 다녀올게.

나나는 오케이 하면서 고개를 끄덕였습니다. 그리고 전 천천히 뒷걸음을 걸었습니다. 나나는 그런 저를 아무 말 없이 바라보았고요.

우린 그렇게 서로 바라보면서 멀어지다가 제가 모퉁이를 돌면서 나나의 시야에서 사라졌습니다.

그리고 호텔에서 짐을 가지고 공항으로 출발했습니다.

공항 가는 내내 마음은 무겁지만은 않았습니다. 아까 썼다시피 저는 빠른 시일에 돌아올 것이라고 믿고 있었기 때문이지요.

한국을 돌아오는 비행기 안에서도 집에 도착해서 여정을 풀고 침대에 누웠어도 제 머릿속은 온통 나나 생각뿐이었습니다.

그리고 나에게 이런 이쁘고 어린(중요) 여자친구가 생겼다는 것을 빨리 주변 사람들에게 자랑하고 싶은 마음뿐이었습니다.

가장 친한 동생 놈이 집을 쳐들어와 자고 있는 저를 깨웠고, 그때 때마침 나나에게서 영상 통화가 왔습니다.

나나와 그 동생 놈과 짧은 인사를 하고 우리의 약간 닭살 멘트에 동생은 기겁했습니다.

— 누구야? 여자친구?

저는 쑥스럽게 고개를 끄덕였습니다.

— 어려 보이는데 몇 살인데?

저는 쑥스럽게 손가락을 3개를 펴 보였습니다.

— 세 살 어리다고? 말도 안 돼 완전 동안인데.

저는 또 쑥스럽게 옆에다가 2를 갖다 붙였습니다.

— …스물셋?

— (끄덕.)

— 이거 완전 쓰레기네.

어허 형한테 쓰레기라니! 라고 동생 녀석을 쥐어박았어도 기분이 나쁘진 않았습니다. 역시 나나는 이쁘구나 사람들이 부러워하는구나! 라고 생각했죠. 어깨가 으쓱거렸습니다. 그리고 나나에게 어울리는 남자가 되기 위해 많은 노력을 해야겠다고 생각했습니다.

근데 그건 그때뿐이었던 거 같습니다.

다른 사람들은 그렇게 생각하지 않았습니다.

제가 여자친구가 생겼다는 것에 다들 기뻐했지만, 그 사람이 베트남인이라는 것에는 반응이

"왜?"였습니다.

거리가 먼데 괜찮겠냐, 장거리는 힘들지 않냐, 내가 장거리 해 봐서 아는데 헤어질 거다. 근데 넌 최장거리 아니냐. 힘들 거다. 근데 왜 베트남이냐? 진짜 진지하게 사귀는 거야?

뭐 그래 네 맘이 그렇다면. 축하해 어쨌든.

이런 분위기.

괜찮아요. 괜찮았습니다. 제가 이렇게 누굴 만나면서 호들갑 떨어본 적이 없어서 사람들이 어색해서 그럴 수도 있지요. 놀랬을 수도 있고.

팔불출 같아 보일 수도 있었겠지요. 그렇다고 생각을 합니다. 제가 너무 자랑을 했나 봐요. 하하하~.

근데 "현지처 만들었네?"라는 말을 들었습니다.

뭔가 머리로 맞은듯한 느낌을 들었습니다. 뭐지? 이 사람은 왜 나한테 이런 말을 한 거지? 이 사람은 얼마나 나를 잘 알길래 그리고 얼마나 자긴 잘나서? 아무리 가벼운 농담 식이어도 이런 말을 건넨 거지? 라는 온갖 생각들이 머릿속을 헤집었습니다. 진짜 미친 거 아닌가? 라는 생각도 들고 너무나 화가 났습니다.(그때 저한테 말씀하신 그분이 이 글을 읽으신다면 죄송합니다만 정말 전 진심으로 어이가 없었고, 너무 화가 났습니다.)

너무나 마음에 큰 상처가 되었습니다.

갑자기 나나가 걱정되기 시작했지요. 그 이후로 전 나나 이야기를 잘 하지 않았습니다. 또 그런 말 들을까 봐요. 혹시나 그게 또 나나의 귀에 흘려 간다면 나나가 얼마나 실망을 할지 가늠하지 못할 것 같았습니다.

나나는, 한국을 정말 좋은 나라로 알고 있는데, 한국은 나나를 좋은 나라 사람으로 알고 있지 않구나, 라는 생각이 들었습니다.

말을 아꼈습니다. 어딜 가든 누굴 만나든 나나에 대한 이야기는 하지 않았고, 가끔 나나를 알고 있는 친구들이 이야기를 꺼낼 때면 "거기까지 하자."라고 제지를 시켰습니다.

그러던 중에 부모님과 통화를 했습니다. 어머니는 혼기가 찬 저에게 어김없이 만나는 여자는 없느냐고 물어보셨고, 또 같은 반응이 나올 거 같은 느낌에 저는 그냥 얼버무렸습니다.

어머니는 말씀하셨습니다.

— 외국여자라도 좋으니까 좀 만나.

아, 뭔가 좋은 느낌이 들었습니다. 부모님은 꽤 저를 믿고 계셨습니다. 제가 좋아하는 여자라면 반드시 좋은 여자일 것이라는 말씀을 자주 하고는 하셨죠? 조금 용기를 내 보았습니다.

— 진짜 외국인도 괜찮아요?

— 뭔가 이상하네? 누구 만나는 거여?

아니 그런 건 아니고…. 솔직히 말씀드리지 못하는 게 너무 죄송했지만 그래도 살짝 떠보기로 했습니다.

베트남에 괜찮은 여자들 많던데….

잠시간 침묵이 이어졌습니다. 어머니는 정색한 목소리로 말씀하셨습니다.

그런 말 하지 마.

충격은 받지 않았습니다. 하지만 어머니는 쿨하게 인정해 주실 수 알았습니다만 역시나 하는 반응. 그래도 설득을 시도해 보았습니다.

베트남 사람들 어머니가 생각하시는 것과 틀리다. 엄청나게 부지런하고 착하고 그리고 똑똑하다. 내가 6개월 동안 지켜보지 않았나? 우리나라 사람들은 베트남 사람에게 꽤나 오해하고 있는 부분이 많은 거 같다고요.

하지만 어머니는 눈 깜짝 안 하셨습니다.

시골에 시집온 베트남 처녀들을 예로 들면서요. 저희 시골에 베트남 처녀와 결혼한 10커플 중 9커플이 헤어졌거든요. 여성분들이 도망을 갔지요. 허나 그건 옛날이야기고, 그런 친구들은 베트남에서 공부에 취미 없고 남자 하나 잘 잡아서 돈 뜯어내자고 생각하는 소수의 여성분들입니다. 그리고 지금은 많이 없어졌다고 보여지고요.

왜냐하면, 그때의 베트남과 지금의 베트남은 정말 상상을 초월하게 발전했거든요. 하노이만 봐도 그랬지요. 학구열이 너무 높고 열심히 일해서 정말 날이 갈수록 발전하고 있었습니다.

그렇게 설명을 해 드렸죠. 제 친구들은 다르다고, 어머니가 생각하시는 거랑 다르다고요. 저는 진짜 살다 왔잖아요?

하지만 어머니는 단호하셨습니다.

— 엄마는 알아. 베트남은 아니야.

어머니 말씀으로는 저희 동네 아는 삼촌에게 누가 베트남 교사분을 소개해준다고 했더군요.

근데 그 삼촌이 그렇게 말씀하셨답니다.

— 자존심이 있지, 내가 왜 베트남 여자를 만나냐?

할 말이 없었습니다……

더 이상 말하고 싶지도 않았고요.

그 동네 삼촌은 정말 좋은 분이지만 그렇다고 해서 저의 생각으로는 자존심까지 운운해 가며 베트남 분을 그런 식으로 판단하실 정도는 아니라고 생각했습니다.

우리나라의 인종차별이 이렇게 심하구나, 라고 느꼈습니다.

힘없이 전화를 끊었습니다.

다시 한 번 생각했습니다.

나나 이야기를 누구에게도 하지 않을 것이라고요. 물론 나나와 만나는 것이 자신이 없어졌다거나 현실의 벽에 막혀 포기하고 싶다거나 그런 생각이 든 것은 전혀 아닙니다.

저라고 그러고 싶었겠요? 전혀 아니지요. 얼마나 이쁘고 착한 친구인데 그러고 싶진 않았죠. 너무 자랑하고 싶었죠.

하지만 주위의 시선은 제 생각과 너무나 달랐습니다.

솔직히 전 나나가 베트남 사람이든 일본사람이든 중국사람이든 아무런 상관이 없었습니다.

그저 그 소녀 그 자체를 좋아하고 사랑하고 있었어요.

하지만 주위의 판단이란 참으로 어이없으면서도 가슴 아프게 만들었습니다.

전 생각했습니다. 우리 둘만 좋으면 됐지 뭐. 제가 좀 더 노력하면 이런 문제는 없어질 거로 생각했습니다.

그리고 언젠가 우리가 결실을 맺게 된다면 그런 말들이 쏙 들어갈 것으로 생각했지요.

그래서 전 나나에게 최선을 다하려고 노력했습니다. 불안하지 않게 매일 같이 문자하고 매일같이 전화하고. 매일 밤마다 한국어도 조금씩 가르쳐 주고 있었습니다. 한국으로 오기 전에 나나에게 기초 한국어 책을 사 주었거든요. 예전에 나나에게 했던 약속인 한국어 가르쳐 주기 와 매일 같이 연락하기 모두 어기고 싶지 않았습니다.

오늘 있었던 이야기도 하고 내일 해야 할 이야기도 하고, 나나의 새로 시작된 학기 이야기, 앞으로의 계획 그리고 저의 계획 등등 그리고 시답 잖은 농담들….

그리고 매번 전화 끊기 전 좋아한다 사랑한다…….

그저 다른 커플들과 다를 바가 없이 우린 잘 지내고 있었습니다.

아니 그렇다고 그러는 중이라고 혼자서 그렇게 생각을 했나 봅니다.

어느 날인가 나나의 답이 뜸해졌습니다.

나나의 전화도 뜸해졌습니다. 좋아한다거나 사랑한다는 그런 말들을 하지 않게 되었습니다. 왠지 나나가 우리 처지에 대한 생각을 많이 한다 는 듯한 느낌을 받았고 이런 불길한 예감은 언제나 그렇듯 잘 맞아떨어졌 습니다.

나나의 연락이 하나도 오지 않았던 날,

그날 밤늦게 나나의 메시지가 왔습니다.

— 나 할 이야기가 있어요….

10

서로의 길을

십수 년을 살아오면서 좋은 예감은 빗나간 적이 많습니다. 머피의 법칙? 그런 게 저에게는 심하게 있습니다. 그래서 무슨 일을 하든 항상 플랜 B를 세우고, 좋은 일이 있더라도 설레발치지 않으려 노력하는 편이지요.

특히 나 연애 문제에선 더욱이 그렇습니다.

저도 참 자랑도 하고 친구들에게 보여주기도 싶고 그렇긴 하지만 꼭 그렇게 설레발치면 잘 안되더라고요. 그래서 특히나 연애 초기에는 발언을 조심하던 사람입니다.

하지만 나나는 달랐습니다.

나나는 항상 저에게 말했습니다.

─나 되게 강해요. 초이 씨 한국 가면 난 공부만 하고 일만 할 거예요. 알잖아요. 그러니까 걱정하지 마요. 난 강해요.

그 강하다는 말.

자신은 마음이 흔들리지 않는다는 말로 들었습니다. 그렇게 믿고 있었고요. 당연히 믿고 있었기 때문에 어쩌면 조금 소홀했는지도 모릅니다. 그리고 그렇게 다른 사람들에게 자랑을 하고 다녔는지도 모르고요.

하지만 나나도 저의 징크스를 피해 가지는 못했습니다.

그날,

— 나 할 이야기가 있어요.

라고 했을 때,

피가 식는다는 느낌. 이런 거구나 라고 느꼈습니다. 단지 저 한마디 했을 뿐인데 그 몇 초간 온갖 불길한 예감이 머리를 스쳐 갔습니다. 한참을 답을 하지 못했습니다.

그렇게 멍하게 있다가…. 뭐부터 해야 하나 안절부절못하고 있다가….

전화를 걸었습니다.

하지만 나나는 받지 않았습니다.

그리고 답장이 왔습니다

— 전화는 받을 수가 없어요.

전화기를 이마에 대고 한숨을 쉬었습니다. 입술을 잘근 물었지요. 도대체 뭐가 잘못된 것인가.

그렇게 믿어달라고 했던 것들이 전부 거짓말이었던가. 혹시 다른 남자가 그새 생긴 건가?

아니면 내가 다른 남자였던 건가…?

온갖 말도 안 되는 상상까지 하게 되더라고요.

그래도 혹시 모를 다른 희망에. 내가 생각한 게 아닐 수도 있다는 생각에 메시지를 보냈습니다.

— 무슨 일 있어? 안 좋은 일이 생긴 거야?

나나는 핸드폰을 계속 보고 있었던 건지 답은 금방 왔습니다.

— 우리 사이 문제에요.

맞구나….

나 때문이구나….

떨리는 손으로 조심스레 답장을 했습니다.

— 왜 그러는지 말해 줄 수 있어?

나나는 한참 동안 답이 없었습니다. 무언가를 생각하고 있는 듯했고, 그리고 뭔가 장문의 메시지를 쓰고 있다고 생각이 들기도 했지요.

그저 기다리는 수밖에 없었습니다.

나나의 생각을 들어야지 그에 따른 대처를 할 수 있다고 생각을 했습니다. 하지만 그 답을 기다리는 시간이 썩 기분 좋지는 않더군요. 하하.

기다렸지만 기다리지 않았던 답이 왔습니다.

— 초이를 정말 사랑해요. 정말 좋아해요. 근데 안 그랬으면 좋겠어요.

응? 안 그랬으면 좋겠다니…. 불길함은 배가 되었습니다. 천천히 읽어
내려갔습니다.

초이를 정말 사랑해요. 정말 좋아해요. 근데 안 그랬으면 좋겠어요.
당신이 가끔 왜 나를 좋아하는지 이해가 안 될 때가 있어요. 난 정말
평범한 여자인데…. 그게 믿음이 가지 않을 때가 많아요.
초이는 한국에 있지요. 저는 베트남에 있고요. 초이는 베트남에서
살고 싶은 생각이 없는 거지요? 저는 베트남을 떠날 수 있는 용기가
없어요. 여기에는 내 가족과 친구들이 있어요.
그들을 떠나기가 쉽지 않아요.
그래서 우리는 선택을 해야 해요. 우리 만난 기간이 아직 짧으니까.
더 깊어지기 전에 우리는 이쯤에서 서로에 대한 마음을 접는 게
좋을 거 같아요.
그래서 초이는 사랑한다는 말을 하지 않았으면 좋겠어요. 내가 너무
가슴 아파요.
나도 정말 사랑해요. 정말 진심이에요.
하지만 당신이 돌아올 생각이 없다면, 그리고 다른 사람을 만날
생각이 있다면 그러는게 초이를 위해 좋은 거 같아요.
초이는 정말 좋은 사람이에요. 그래서 정말 좋은 한국 여자를 만나야

해요. 혹시나 그럴 생각이 있다면 나에게 이야기를 꼭 해줘요.

난 초이와 좋은 친구로 남을 수 있어요. 그리고 당신을 언제나 생각
하고 응원할 거예요.
그래서 우린 다시 친구로 돌아가야 할 거 같아요.
다음에 혹시 초이가 오면 우린 만날 수 있어요. 하지만 인연이 아닌
친구일 거예요.
그렇게 해줄 수 있어요?

이렇게 온 장문의 메시지를 읽어 내려간다는 게 정말 괴로웠습니다. 하지
만 혹시나 이게 농담이거나 새로운 베트남의 장난식 문자라고 생각하고 혹
시 트릭이 있는 건지 내가 놓친 부분이 있는 건지 몇 번을 다시 읽었습니다.
하지만 그런 건 있지 않았어요. 읽을수록 더 가슴 아플 뿐이지요.
다시 전화를 걸었습니다. 어떻게든 목소리는 들어야 할 거 같아서요.
떨리는 목소리가 들렸습니다. 저는 호흡을 한번 가다듬고 차분히 말했
습니다.

— 진심… 이니?

나나는 조금 뜸을 들이다가….

— 응….

이라는 답을 했습니다. 책상에 머리를 꽁꽁 박았습니다. 화가 났어요. 왜 난 항상 이런 식인가.

내가 항상 좋은 남자라고 하면서 결국엔 모두들 떠나는 것인가. 그저 나는 항상 마음의 치유만 받고 떠나는 그런 편하기만 한 사람인가? 내가 그렇게 매력이 없는 건가?

내가 만만한 것인가??

자존감이 점점 바닥으로 떨어져 가고 있었습니다. 너무 화가 났습니다. 너무 답답했고요.

— 왜? 왜!? 왜 내 마음을 모르는 거야 왜!

핸드폰에 대고 소리를 빽 질렀습니다.

반대편으로 울먹이는 나나의 목소리가 들렸습니다.

— 미안해요….

그 말이 더욱더 화가 나게 만들더군요. 나나도 내가 이렇게 화가 날 건지는 몰랐나 봅니다.

꽤 놀람과 미안함에 어찌할 줄 몰라 하더군요.

— 난. 정말로. 진심으로 최선을 다하고 있어. 항상 노력하고 있다고. 우리가
　함께할 수 있도록 말이야. 계획을 만들고 있다구.
　내 모든 능력을 총동원해서 너와 함께 하고 싶어서 노력하고 있다고….

근데 왜 몰라주는 거야…. 왜 믿지를 않는 거야 넌?

나나는 그저 듣기만 할 뿐 한참 말이 없었습니다.

저는 꽤 흥분해 있었습니다. 나나가 왜 그런 마음이 되었는지 알아채고 그 이유를 들었어야 했는데 내 맘만 괴롭다고 내 주장만 쏟아내기 시작했습니다. 나나는 계속….

— 미안해요.

이 말만 되풀이할 뿐이었습니다.

더 이상 할 말이 없었습니다. 그냥 눈을 감은 채 수화기만 들고 있었죠.

더 이상 어떻게 해야 할지도 몰랐습니다.

— 오늘은 이만 끊어요. 우리 서로 진정할 시간이 필요한 거 같아요….

— 그래….

— 내일 연락할게요.

— 그래….

많은 이별의 경험에 하나의 스킬은 늘었네요. 이별할 거 같으면 이기적인 놈이 된다는 거.

그래야 나를 보호할 수 있다고 혼자서만 생각하고 있는 거.

참 웃긴 스킬입니다 그죠?

그래 봤자 내 마음은 편해지는 건 아니었는데 말이죠….

침대에 그대로 누워 이런저런 생각을 했습니다. 나나와 찍은 영상들, 나나가 보내준 편지들,

서로 주고받았던 달달 한 문자.

우리의 첫 만남과 그 설렜던 순간들….

하나씩 돌려 보았습니다.

우리의 시작은 정말 드라마 같았는데

이별 순간은 아무것도 못 한 채 전화기에 대고 화만 내는

최악의 이별을 하고 있다고 생각했습니다.

욕지거리만 계속 내뱉다가 그렇게 잠들었었습니다.

다음날이 되었습니다.

습관처럼 핸드폰을 보았습니다만….

나나의 문자는 와 있지 않았습니다.

'당연하지.'

그래도 한숨 잤다고 조금 진정되긴 했습니다. 그래도 기분은 여전히 쓰레기였구요. 기분 전환할 것을 찾아보았지만 하나도 도움이 되질 않았습니다.

운동도 딱히 잘되지 않아서 금방 갔다 들어왔고요.

천천히 생각해 보았습니다.

우리 만남이 아무리 소설 같고 드라마 같다고 해도 현실입니다.

현실의 벽은 절대 만만하지 않을 것이고 나나도 저도 많은 어려움을 겪

고 고통을 안을 것이 뻔했습니다.

그동안 느꼈던 주위 사람들의 시선들….

과연 나나가 견뎌낼 수 있을지 의문이었습니다. 그리고 나나에게 호언장담하듯 이야기했지만, 그 플랜들이 그대로 이루어질 거라는 보장도 없었고요.

냉정하게 생각하면 그렇습니다.

정말 현실은 현실이구나.

평범한 한국 남자와 평범한 베트남 소녀.

다시 이야기하자면,

결혼 생각이 없어 아무런 준비를 하지 않고 자신의 위주로만 살아온 한국 남자와 연애 생각 하나도 없이 일과 공부만 해오던 대학생 베트남 여자.

누구도 가르쳐 주지 않은 둘의 현실 하지만 우리가 바라보는 건 꿈.

네, 그렇습니다. 현실은 우리에게 절대 꿈을 주지 않지요. 그걸 견뎌낼 자신이 있다고 저는 각오를 하고 있으나….

괴로워할 나나를 생각하면 또 그런 건 아니네요.

그래서 생각했습니다.

나나의 말대로 하는 것도 좋은 방법이겠구나.

담배를 어찌나 많이 피웠는지 모르겠습니다.

내가 아닌 나나의 입장에서 생각을 해 보았습니다. 당장 어디 취직 준비해야 하는지도 모를 소녀가 무작정 사랑하는 친구들과 가족을 버리고 한국으로 올 수 있는 상황도 아니었지요.

그리고 나로 인해 너무 급격히 변했던 자신의 상황이 겁이 났을 겁니다.

'좀 더 천천히 만날걸…. 좀 더 신중히 할걸….'

하는 후회가 들었습니다.
친구로 더 있어야 했고 서로의 상황이 좋아지면 더 발전해 갈 수도 있었는데 너무 빨리 나나의 마음을 확인하려 했고 나의 마음을 꺼내 놓았지요
그게 후회됐습니다.

'설레발치지 말걸….'

그나마 다행인 건 쉽게 갈 수 있는 거리가 아니기 때문에 보고 싶어도 볼 수가 없어서….
서로 빨리 잊을 수 있겠다는 거?
그거 하나 있네요. 하하하.
그리고 두 번 다시 내 맘을 꺼내놓을 사람들 만나지 못할 거라는 것.
뭐 연애하다가 이별한 사람들이 늘 그렇듯 저도 다른 건 없었습니다.
괴로워하다가 슬퍼하다가 시간 지나면 추억으로 남겠지요.

　　작고 이쁜 소녀 하나가
　　정말 평범하고 아무것도 아닌 나이 많은 남자를 좋아해 준 거,
　　아무도 없던 머나먼 이국땅에서 좋았던 만남,
　　좋았던 추억,

그리고 좋았던 그 소녀.

그거면 충분하다고 생각했습니다. 솔직히 만나면서 이런 끝은 생각을
안 했던 건 아니었으니까요.
차차 나나가 이해가 되기 시작했습니다. 지금도 그렇고요.
나나를 원망하거나 미워하지 않기로 했습니다.

혹시나,
혹시나 후에 다시 만난다면
우린 다시 좋은 인연이 될 수 있을까?

하는 조그마한 기대도 해도 되는 거 아닐까 하는 희망도 조금 마음속에
심어 두었고요.
무럭무럭 그 희망이 자라길 바랄 뿐이었습니다.
그리고 그 희망이 아주 달콤한 열매를 맺어서 우리 둘이 사이 좋게 나
눠 먹을 수 있다면 참 좋겠다….

하지만 그전까지는 쉽게 다시 사랑할 수 없다는 생각이었습니다.

그렇습니다.
현실은 현실입니다. 그 주변의 시선과 나에게 주어진 상황들이 정말 힘
들고 싫을지라도 그것은 현실입니다.

저는 너무나 큰 꿈을 꾸었던 것일까요?

그 꿈은 그저 좋은 추억만 남기고

현실로 가는 발걸음을 무뎌지게 만들었지만, 저의 발걸음은 현실로 가게 만들었습니다.

드라마 같던, 소설 같던 사랑.

저에겐 없었습니다. 저를 응원해주는 사람에게 너무나 미안하고 나를 사랑 해준 나나에게 너무나 죄스러웠지만….

저도 더 이상 용기가 나질 않았습니다.

이쯤에서 그만 하는 것도 서로에게 좋은 결말이야 라고 생각했지요.

주위 친한 친구들에게만 이 사실을 알렸습니다. 안타까워했고요. 하지만 괜찮다고 다독여 주었습니다.

괜찮지 않았지만, 그저 웃었습니다.

하나 바라는 게 있다면 나나는 제발 나만큼 안 힘들어 했으면 좋겠다는 생각 그거 하나만 바랄 뿐이었습니다.

그리고 지금도 그렇고요.

그렇게 노력하고 있습니다.

응원해준 사람들에게 감사했고 그리고 우려했던 사람들의 입장도 이해를 못 하는 건 아니었습니다만 다음에 혹시 저 같은 사람을 보면 그러지 않기를 바랄 뿐입니다.

저만큼 힘들어하고 있을 테니까요. 그래도 응원을 해 주었으면 좋겠다고 생각했습니다.

그리고 저 또한 주변에 누군가가 저와 같은 사랑을 하고 있다면 저는 이루어지지 않았더라도 당신은 꼭 이루길 바란다는 응원을 해 주고 싶었습니다.

그렇게 안타깝지만 저는 마음의 문을 닫기 시작했습니다.

이렇게 저의 한 달간의 작은 사랑이야기는 막을 내리려고 하고 있었습니다.

11

서로를 바라보며

—뚜르르르…

—여보세요…. 교수님?

—최 팀장! 하노이 프로젝트 있잖아!

—네?

—문제가 약간 생겼는데 최 팀장이 가서 수습만 좀 하고 왔으면 좋겠어.

—…네??

—근데 수습만 하는 거라 금액은 많지가 않아. 그래도 항공권이랑….

—당장 갈게요.

갑자기 걸려온 전화는 다소 다급해 보이기도 하고 곤란한 부탁을 해서 미안하기도 내용이었지만 저에겐 한 줄기 희망과도 같은 전화였죠.

어떻게든 다시 가게 되었으니까요

이런 타이밍에 다시 하노이로 간다는 것이 좋은 건지, 아니면 나쁜 건지 몰랐지만 그래도 우선 가서 이야기를 해야 할 거 같았습니다.

…일은 둘째였고요… 네….

어쨌든 부랴부랴 출국 날짜가 정해졌고, 그때까지만 해도 나나와 저의 연락은 잦지는 않았지만 그래도 지속은 하고 있었습니다.

안 봐도 나나가 많이 혼란스러워하는 거 같았기도 했고요.

나나의 생각을 통화보단 직접 얼굴을 보고 듣고 싶었습니다.

그리고 나나를 위한 선물도 몇 개 샀습니다.

나나는 신발을 좋아하고 분홍색을 좋아해서 비싸지 않은 핑크색 귀여운 운동화를 샀고요.

나나는 화장은 안 하지만 립스틱을 좋아하기 때문에 립스틱도 1+1으로 샀습니다.

나나는 라바를 엄청 좋아하지만, 하노이에는 라바 파는 곳이 없었기 때문에 인터넷으로 라바 관련 제품을 두세 개 샀습니다.

물론 저 물건들은 아주 가격이 쌉니다.

비싼 걸 사줄 수도 있었겠지만 나나는 그런 걸 좋아하지 않거든요.

그래서 부담이 가지 않은 선에서 조그만 선물들을 샀습니다.

하지만 선물을 사는 내내 이런 생각은 들었습니다.

'과연 이런 것들이 의미가 있을까?'

'나나는 나의 선물들을 기쁘게 받아줄 것인가?'

'혹시나 거절하게 된다면 어떻게 해야 하나…'

이런저런 생각이 들었지요. 하지만 이미 선물은 캐리어 가득히 담겨 있었습니다.

최악엔 이별의 선물이 될지도 모른다는 생각에 씁쓸했지만, 그래도 받고 기분 좋아하는 나나를 애써 상상해 보면서 기분을 스스로 달랬습니다.

비행기 티켓이 나왔습니다.

간다는 말은 나나에게 하지 않았습니다.

놀라게 해 주고 싶기도 했고, 괜히 설레발치게 하고 싶지도 않았고 무엇보다 반응이 무덤덤하거나 오지 말라고 할 거 같아서 하지 않았습니다.

나란 남자 진짜 소심합니다….

하지만 연락을 하지 않는 것도 매너가 아니겠죠?

혹시 하노이에 없을지도 모르고 고향에 갔을지도 모르고….

그래서 비행기 타기 바로 전에 공항 사진 찍어서 보내주면서 나 지금 간다라고 이야기했습니다.

나란 남자 진짜 진짜 소심합니다…….

그리고 비행기에 올랐습니다.

그땐 정말 만감이 교차했습니다. 앞으로 어떻게 될 것인지 그리고 내가 가서 어떻게 할 것인지….

그리고 지금 내가 하는 것이 옳은 것인지에 대해…,

이렇게 무작정(일도 있었긴 했지만) 그녀에게 간다고 해서 해결될 수 있는 것인가에 대해….

과연 이것이 이 소녀를 기쁘게 할 것인가 아니면 더 부담을 줄 것
인가….

하지만 이미 하노이로 가기로 결정되었던 일이고,
짧은 2주의 기간이겠지만 그 소녀를 다시 볼 수 있는 것이고,
그리고 이런 나의 마음을,
진지한 나의 마음을
꼭 직접 전달해서 소녀가 내 마음을 받아주든 말든
내 마음은 진심이라는 것을 전하러 갔습니다.

항상 지루했던 비행시간 4시간은 금방 지나갔고 어느새 비행기는 노이
바이 국제공항에 착륙을 했습니다.
너무 익숙한 출입국 심사를 거치고
너무 익숙하게 짐을 찾고 택시를 잡아서
꺼두었던 핸드폰을 켰습니다.

— 도착하면 연락해 줘요.

나나의 문자는 하나 와 있었습니다.
뭔가 문자가 엄청 와 있다거나 한 걸 기대한 것은 아니지만….
뭔가 더 기뻐할 줄 알았는데 라는 약간 섭섭한 마음과
그래도 연락이 왔으니 다행이라는 안도감이 동시에 생겼습니다.
솔직히 안도감이 더 컸지요.

숙소로 이동한 후에 나나에게 연락을 했습니다. "숙소에 도착했어."라고….

하지만 웬일인지 나나에게 연락이 오질 않았습니다.

그때 제가 뭘 할 수 있는 게 없었습니다. 그저 나나를 믿고 기다리는 수밖에요.

짐을 풀고 나나에게 줄 선물도 정리해 두고

그냥 침대 위에 멍하니 누워 있었습니다.

그렇게 몇 시간이 흘렀을까요? 잠깐 잠들어 버린 사이에 나나에게 부재중 통화 하나와 문자가 와 있었습니다.

독감이 심하게 걸려 하루 종일 누워 있었어요.

약이 독해서 하루 종일 잠에 빠졌어요.

연락 오기를 기다리려고 핸드폰을 손에 쥐고 잤지만, 너무 깊게 잠

들어 버려서 답장을 못했어요. 미안해요.

조심스럽고 미안스러운 답장을 보고는 한시름 놓았습니다.

하지만 그날 나나를 만나지는 않았습니다.

나나가 걸린 감기는 정말 독한 감기였으며 나나는 목소리가 나오지 않을 정도로 끙끙 앓고 있었기에 감기가 다 나으면 보기로 했습니다.

그게 다음날입니다.

나나는 다음 날 아침이 되자마자 저의 스케줄을 물었고 내가 일이 끝나는 시간에 맞춰 기다리겠다고 연락이 왔습니다.

나나를 만나기까지 상당히 떨렸습니다.

과연 무슨 말을 나눠야 하는지 나나는 어떤 마음을 가지고 있는지,

나는 과연 지금과 앞으로 어떻게 해야 하는지,

머릿속이 복잡해 져서 일도 제대로 잡히지 않았죠.

하지만 나나를 만나고 나서 그런 생각은 싹 없어졌습니다.

여전히 나나는 작고 이쁜 소녀였습니다.

나나는 살짝 웃으면서 나에게 다가왔고

저는 다가오는 나나의 손을 잡았습니다.

'보고 싶었다.'라는 말만 서로 나누고 한참은 있었나 봅니다.

나나의 흔들렸던 마음은 제가 지금 나나의 옆에 있음으로써 다시 바로 잡히게 되었고,

나나는 좀 더 용기가 생겼었나 봅니다.

다시 한 번 나에게 할 말이 있다는 말을 했습니다.

가슴속이 '찌릿' 하는 느낌이 들었고 피하고 싶었지만 그러면 안 된다고 생각이 들었습니다.

지금은 무슨 상황이 되어도 난 나나 옆에 있으니까 잘 대처 할 수 있고 이야기를 잘 들어줄 수 있다고 생각했습니다.

나나는 천천히 한참을 생각하다가 입을 열었습니다.

사실 자신의 친구들에게 우리의 사이를 이야기했는데

정말 친한 친구들은 축하한다면서 기뻐해 주었지만

몇몇 주변 친구들이 꽤 반대와 지독한 질투를 했다고 하더군요.

그리고 몇몇 친구들은 자기에게 한국남자의 나쁜 면을 계속 들려줬다고 했습니다.

분명 가지고 놀다가 버림받을 거라고….

그러는 도중에 자신의 친구 중 한 명이 비슷한 상황이었는데 남자가 몇 번 만남을 가지다가 친구는 진심으로 했지만 남자는 자기 나라로 가버리곤 연락을 끊어 버린 상황이었습니다.

그때 그 친구가 공항에서 몇 시간을 홀로 울었다고 하더군요.

그 뒤로 그 친구는 외국인 하면 욕부터 나오는, 상상도 하기 싫은 것이라고 하더군요.

그러면서 덜컥 자신도 겁이 났다고 했습니다.

주위의 시선이 달갑지 않은 것도 내가 과연 이 사람과 어울리는 사람인 것인지도….

그리고 이 사람이 진심이라고 한 것이 과연 어디까지이고, 나도 혹시 장난감처럼 놀다 버려지는 것이 아닌지 하는 생각들….

그래서 제가 오기 전날 밤 혼자 오토바이를 타고 이곳저곳 돌아다녔답니다. 너무 생각이 많아져서요.

그래서 감기가 독하게 걸렸다고….

그렇습니다.

물론 좋은 면도 있겠지만, 외국 남자의 이면의 안에는 개발도상국 국가의 여자들을 쉽게 보는 경향.

그것을 이곳 사람들도 모르는 건 아니었습니다.

그걸 물론 이용하는 베트남 여성분들도 있을 것이고

나나의 친구처럼 그렇게 기다렸는데 돌아오는 건 없었던 슬픔이 증오를 낳았던 경우도 있을 것입니다.

나나는 자신이 이런 상황이 올지는 꿈에도 상상을 못했다고 합니다.

그저 자신은 평범하게 살다가 평범하게 연애하다가 평범하게 결혼하고 평범하게 회사 생활하는 삶만 생각하고 있다가 나로 인해서 남들과는 다른 길을 간다고 생각을 하니 많이 힘들었던 것도 있었던 거 같았습니다.

그랬기에 주위 사람들의 말에도 많이 휘둘렸던 거구요.

서로에 대한 그리움과 애정은 잠시 미뤄두고

정말 냉정하게 서로에 대한 상황과 의견만 말했습니다.

저는 이야기했습니다.

저에 관한 이야기를요.

나나, 내가 이제껏 살아오면서 너 같이 순수하고 착한 아이를 만나는 게 또 있을까 모르겠다.

우리가 만난 날은 짧지만 너는 나에게 늘 진심으로 대해주는 걸 알게 되었어.

그동안 나는 많은 이별도 했고 많은 사랑도 했지.

하지만 너는 나의 모든 것을 좋게 봐 주었고, 나의 모든 행동을 하나하나 기억하며 소중히 간직해 주었고,

또 니가 아닌 나를 위해 그런 어려운 결정을 했던 너를….

너의 마음보다 나의 마음을 먼저 생각해 주었던 너를 내가 어떻게

놓을 수 있을지 모르겠어.

미안하지만 오늘은 나의 마음만 말할게.
솔직히 난 네가 베트남 사람이건 한국 사람이건 일본, 중국 사람이건
나에게 중요하지 않아.
너는 너라서 내가 다가간 거야.
환경, 문화, 언어 나에겐 아무런 상관이 없어.
넌 나나라서 나에게 중요 하고 소중한 거야.
결과가 어찌 되었든 앞으로 어찌 되든지

난 여기서 끝내고 싶지 않아.
어떻게든 끝까지 함께 가고 싶은 마음이야.
우리는 이제서야 시작인 거 같아.

기억은 가물 하지만 이렇게 말했던 거 같습니다.
그리고 나나의 손을 잡고
또박또박하게 천천히 말했습니다.

—Anh yeu em. (당신을 사랑합니다.)

나나는 한참을 나를 바라보더니
갑자기 고개를 연신 꾸벅꾸벅 숙였습니다.

— 고마워요. 고마워요. 고맙습니다.

한국어로 꾸벅꾸벅 인사했습니다.
절 받는 줄 알았습니다.
한 열 번은 그랬나 봐요.
그렇게 나나는 연신 고개를 숙이더니 나의 마음을 이제야 알겠다고 하더군요.

— 초이 씨가 그렇게 나를 진지하게 생각하고 있을 줄은 몰랐어요. 그리고 그
렇게 나를 사랑하고 있는 지도요. 정말 고마워요. 나 지금 너무 행복해요.
초이 씨의 마음을 듣고 싶었어요. 나도 불안했으니까, 너무 불안하고 무서
워서 적어도 초이 씨의 마음이 어떤 마음인지 듣고 싶었어요. 다행이에요.
나와 같은 생각을 해 주어서.

그리고 한국어로 말했어요.

— 오빠 사랑해.

허.

오빠라는 말을 들어본 적이 친여동생 빼고는 없었고, 그리고 다른 사람
들에게 그런 말을 좋아하진 않았습니다만….
그리고 나나에게서 오빠라는 말을 처음 들었습니다만….

그 말을 들을 때 심장이 멎는 줄 알았습니다.

그렇게 '으어어', '어버버' 하고 있을 때 나나는 다시 말했습니다.

— 두 번 다시 그만하잔 말 하지 않을게요. 약속해요.

　우리 끝까지 함께 해 보아요.

하면서 배시시 웃었습니다.

빵빵거리던 거리의 소리와 웅성거리는 사람들의 말소리, 조금 습했고 더웠던 그날에 우리는 정말로 다시 시작했습니다.

12

함께 걸어가기 시작

나나에게 선물을 꺼내 주었습니다. 처음에는 라바 인형을 건네주었습니다. 나나는 뛸 듯이 기뻐했지요. 나나가 예전에 잃어버린 라바 인형과 똑같은 제품을 샀거든요.

인형에 대고 연신 뽀뽀하는 나나의 모습을 보고 생각했습니다.

'왜 저 애벌레 따위가 귀여운가…. 웃겨서 좋은 게 아니라 귀여워서 좋다니….'

거울을 보았습니다. 내 얼굴이 비친 거울을요.

'아 취향이 독특한 거구나. 알겠다 이젠.'

두 번째 선물은 립스틱이었습니다.

나나는 놀라 했습니다. 어떻게 립스틱 좋아하는지 알았냐면서

뻔하죠. 저 만날 때 틈틈이 바르고 있던 거 그리고 그 색도 확실히 기억하고 있었으니까요.

두 개를 샀는데 왜 두 개나 샀냐며 핀잔을 줍니다. 하나도 비싼데 두 개를 왜 샀냐면서….

—응. 1 + 1.

나나는 재빨리 두 개를 가방에 넣었습니다.

세 번째 선물은 조금 조심스러웠습니다.

신발을 샀는데 저에게는 고가는 아니었지만 나나에게는 상당히 고가일지도 몰랐거든요. 예전에 나나가 저한테 말했다시피 비싼 거 사면 화내면서 받지 않을 거라고 선전 포고를 했었기 때문에, 혹시나 부담스러워 하면서 받아주지 않으면 어쩌나 하고 걱정했습니다.

세 번째 선물까지 생각하지 못한 나나는 조금 걱정스러운 얼굴을 하였습니다. 제 속을 썩인(?) 자신이 선물을 이렇게 많이 받아도 되는지 모르겠다면서요.

나나는 조심스레 박스를 열어 보았습니다.

그리고 한동안 말이 없다가 되게 작은 목소리로 중얼중얼 댑니다.

궁금해서 귀를 기울여 보았는데 중얼중얼 대더군요….

—oh my god…. oh my god…. oh my god…. oh my god…. oh my god….

oh my god⋯. oh my god⋯. oh my god⋯.

"맘에 들어?"라고 하니까 "대박"이라고 한마디 했습니다.

— 어디서 배운 거야 그런 말은…?

— 런닝맨….

나나는 박스를 다시 닫고 제 쪽으로 밀었습니다. 너무 많은 선물 받을
수 없다고요. 자기는 준비한 게 하나도 없는데 나만 이렇게 선물을 사줘
서 너무 미안한 마음 뿐이라구요.

— 아냐 괜찮아. 안 비싸. 그리고 세일까지 해서 싸게 산 거야. 신발 꼭 사주고
  싶었어. 나도 신발 좋아하니까. 너무 부담 갖지 마. 그리고 이거 어차피 환
  불도 안 되고 교환만 되는데 니가 받지 않으면 누가 이걸 신… 고 있네!?!?!

나나는 마음 가는 대로 했나 봅니다. 미안하니까 돌려주려고 했다가 디
자인이 너무 맘에 들었는지 잽싸게 박스에서 신발을 꺼내더니 얼른 신어
보았습니다.

— It's mine!!!(내 거야!!!)

나나의 목소리가 그렇게 큰지 몰랐습니다.

나나는 한참을 그렇게 신발을 바라보다가 다시 벗고는 곧이곧대로 박

스에 잘 포장해서 넣었습니다.

　왜 맘에 안 들어? 조심히 물었습니다.

　—아껴 신을 거야!!

'허허허….'

　나나는 신나서 어찌할 줄 모르다가 다시금 시무룩해졌습니다.
　또 자기는 준비한 게 없는데 받기만 해서 미안하다고 저에게 사과를 하더군요. 나는 괜찮다면서 머리를 쓰담거렸습니다.

　그렇게 잠시 있더니…
　저를 빤히 바라보며 말했습니다.

　—여보.

　전 살면서 여보라는 말은 처음 들었고 들을 줄 몰랐으며 먼저 결혼한 여동생도 자기 남편에게 여보란 말은 하지 않았고 심지어 우리 어머니도 아버지도 서로에게 여보라고 불렀던 건 한 번도 본 적이 없습니다.
　근데 그때 처음 들었습니다. 사전에만 있는 줄 알았던 그 단어를….
　진짜 심장이 뛰어서 미치는 줄 알았습니다.

　—그…. 그건 어디서 배운 거야??

― 슈돌(슈퍼맨이 돌아왔다).

으억 하면서 고개를 숙였습니다. 나나는 영문을 모른 채???란 표정으로
저를 바라보았고요.
저는 조심스레 말했습니다.

― 그건 결혼한 사람들끼리 하는 거야…. 그리고 심장에 좋지 않구나. 그러니
　　까 그건 나중에 혹시 결혼하게 되면 그때 하자…. 응?

나나는 배시시 웃더니 장난스러운 표정으로 말했습니다.

― 알겠어. 여보.

'으악 좋지 않아! 아니 좋지만…. 그래도 죽을 거 같아!'

어찌할 줄 몰라 하는 저를 보면서 나나는 까르르까르르 웃었습니다.
그런 나나를 보면서 저도 이제껏 느껴 보지 못한 행복이란 걸 느꼈고요.
나나는 그렇게 오랜 밤 동안 저와 함께 있었습니다.
그렇게 우리는 어느 연인들과 다를 바 없는
한 평범한 남자와
한 평범한 여자의
연애를 본격적으로 시작하였습니다.

13

여기까지가 프롤로그

이야기가 참 길었죠? 하하하. 지금껏 여러분에게 들려 드린 이야기는 제가 하노이에서 만난 나나 라는 작은 소녀와의 이야기 중 '프롤로그'입니다.

그리고 이제 본격적인 이야기가 시작될 겁니다. 아니 이미 진행 중인 거겠죠?

나나와 초이. 우리 두 사람은 새롭게 시작되는 우리의 이야기를 즐거운 마음으로 만들어 가고 있습니다.

많은 어려움이 있을지도 모릅니다. 앞서 있었던 장거리 연애, 앞으로의 미래에 대한 걱정, 남들의 시선, 나나의 선택 그리고 저의 선택.

많은 변수가 생길 거고 그리고 많은 어려움, 슬픈 현실 등이 나나와 저에게 다가올 거로 생각합니다.

하지만 나나와 전 약속을 했습니다.

어떻게든 좋은 엔딩을 위해 달려가고 노력하자고요.

우린 우리가 결정한 우리의 미래에 이미 많은 것을 각오하고 그리고 선택을 했습니다. 그리고 노력할 것입니다.

자, 이제 '하노이 소녀 나나?' 프롤로그는 이쁘게 마무리한 거 같고….

우린 이제 초이와 나나의 새로운 이야기를 쓰러 가보려 합니다.

이제 조금 남았네요! 여러분에게 들려 드릴 수 있는 소소한 이야기가 말이지요.

지금부터는 여러분에게 그동안 있었던 아기자기한 에피소드 몇 가지를 풀어볼까 합니다.

14

에피소드 #1 : 미녀와 야수

나나와 처음 〈미녀와 야수〉를 보러 갔을 때입니다. 우리 둘은 의외로 재미를 느끼지 못했습니다.

— (초이) 의외로 지루하네.

— (나나) 그죠? 기대 많이 했는데….

— (초이) 나 어렸을 때 진짜 많이 봤거든. 비디오테이프가 늘어날 정도로 좋아했었어. 영어로 노래 가사까지 다 외웠었다니까.

— (나나) 와~ 대단하다. 그 정도였어?

호호호 웃는 나나를 보며 문득 생각이 든 게,

잠깐, 미녀와 야수가 91년 작품인데….

얘가 95년생이고 난 91년에 비디오테이프가 늘어질 정도로 봤었고…,

학교에서도 단체 관람을 했었고…,

91년에 내가 학교 다닐 때 앤 태어나지도 않았구나.

……

'나, 이래도 되는 걸까…?'

15

에피소드 #2 : 슈퍼주니어

나나는 슈퍼주니어의 광팬입니다. 슈주의 앨범 전부의 이름도 다 꿰고 있지요. 슈퍼주니어가 언젠가 하노이에서 공연을 한 적이 있다고 했었습니다.

— (나나) 그때 나 공항까지 가서 얼굴 보려고 기다리고 있었는데 얼굴을 못 본 거야! 너무 실망하고 나오는데 오빠들 태운 차가 지나가더라? '오빠!!!' 하면서 울면서 그 차 쫓아갔었어.

— (초이) …….

저 예전에 슈주가 베트남 갔을 때 현장 티브이에서 봤었어요. 물론 차를 쫓아가는 몇 무리의 베트남 팬들도 봤었죠.

그때 '와 쟤들 제정신 아니네.'라고 쯧쯧거렸었는데….

쟤들이 얘였네요….

…….

죄송합니다. 진심으로 사과드립니다. 진심 팬분들의 마음을 헤아리지
못했어요.

혹시 슈주 싸인 있으신 분 저에게 팔아주세요. 제발.

16

에피소드 #3 : 마법의 거리

저는 약 반년 동안 하노이 생활을 하면서 도가 튼 게 거리를 건너는 겁니다. 하노이에는 오토바이가 상상을 초월할 정도로 많은데 신호등은 상상을 초월할 정도로 없었거든요.

숙소 앞에 6차선 도로가 있었는데 거기는 혼돈의 카오스였죠. 거기다 그곳은 신호등은 없고 희미한 횡단보도만 그어져 있었습니다.

베트남 사람들은 거기 너무 자연스레 건넙니다. 보고 있으면 마법 같아요. 오토바이는 멈추지 않고 지나가는데 사람들도 멈추지 않고 건너거든요.

거기 건너는 데 한 달 걸렸습니다. 그전까진 먼 육교로 돌아서 건너다녔지요. 하지만 한 달 뒤에는 아무렇지 않게 건넜습니다. 매일 같이요. 사무실까지 걸어 다녔거든요.

근데 나나가 처음으로 우리 숙소 앞으로 왔을 때 그 도로를 못 건넜습니다.

그 도로 건너는 데 20분 걸렸어요. 저한테 여길 어떻게 매일같이 건너
느냐고 대단하다고 그러더군요.

　…….

'여기 베트남이야. 넌 베트남 사람이고… 난 한국인이라고….'

'왜 나한테 대단하다는 거야….'

17

에피소드 #4 : 맛집

베트남 하노이에서 신세를 졌던 건설회사 사장님이 계십니다. 특히나 정말 맛있는 맛집이나, 분위기 좋은 루프 바(Bar)나 커피숍을 자주 데려가 주셨어요.

그분이 나나를 만난다고 했을 때 상당히 기뻐하시면서 또 데이트 베스트 포인트(?)를 마구 찍어 주셨지요.

나나를 그 추천받은 음식점에 몇 번 데려갔는데 다소 입이 짧은 나나였지만 단 한 번도 음식을 남긴 적이 없었습니다.

그러면서 데이트할 때 항상 저녁 식사 선정은 저의 몫이 되었는데….

왜 어째서인지….

— 나나야. 하노이에 사는 사람은 바로 너인데, 보통 현지인이 음식점을 추천

.　　해야 하지 않아…?

—여기보다 맛있는 데를 몰라.

—그때 네가 말했던 분짜가게 거긴….

—여기 햄버거 맛있다! 냠냠.

'… 응 많이 먹어….'

18

에피소드 #5 : 외국인

사진 찍기 좋아하는 나나와 출사를 갔습니다. 호찌민 묘 앞 공원으로 갔지요. 둘이서 각자 카메라를 들고 사진찍기 여념이 없는데 한 베트남 여성분이 나나에게 와서 영어로 인사를 했습니다.

— Hi~ how are you~.

'???'

'뭐지?'

— (초이) 외국인이었어?
— (나나) 아니 베트남 사람이던데….
— (초이) 근데 왜 너한테 영어를 해…?

— (나나) 몰라….

　나나는 저랑 같이 다니는 덕에 자신도 외국인 취급받는 게 재밌던지 까르르 웃었습니다.

19

에피소드 #6 : 묵찌빠

나나에게 묵찌빠를 가르쳐 주었습니다. 상당히 재밌어하더군요. 진 사람이 꿀밤 맞기로 했습니다.

제가 한 5번 연속으로 이겨서 푸헤헤거리면서 꿀밤을 딱콩딱콩 때렸지요.

6번째에 나나가 이겼습니다.

나나는 뺨을 때렸습니다.

......

여러분, 나나는 절대 순수하고 얌전한 소녀가 아닙니다!

20

에피소드 #7 : I'am your father

나나의 아버지는 지방 외교부 직원이십니다. 나나가 어렸을 적에 외국 대사관을 많이 다니셨다고 하시더군요. 한국에서도 1년 사셨데요.

나나와 데이트 도중에 나나의 아버님에게 전화가 왔습니다.

나나는 영어로 아버지와 통화를 했습니다.

'와….'

나중에 혹시 아버님의 뵈었을 때 말이 통하지 않아서 그저 웃고 넘기지요, 라는 변명은 씨알도 안 먹힐 거라는 걸 깨달았습니다….

베트남어 공부보다 영어공부를 더 해야겠다고 다짐했습니다.

21

에피소드 #8 : I'am not your daddy

전 한국인 중에서도 키가 좀 큰 편입니다. 나나는 베트남 여성 중에 키가
아담한 편이고요.

나나는 제 옆에 서 있으면 어깨선보다 조금 작게 옵니다.

그래서 가끔 둘이 걷다가 쇼윈도를 보면

나나는 말합니다

— daddy and daughter.

22

에피소드 #9 : 나나는 초이를 싣고

전 겁이 많습…. 아니 조심성이 많습니다. 한국에서도 운전할 때 늘 안전 운전하려 노력하지요. 베트남에서 수많은 오토바이를 보면서 와 세상에 여긴 정말 오토바이를 빼면 뭐가 있을까? 라는 생각이 들 정도로 충격을 받았습니다.

교수님께서 오토바이 렌털해서 다녀 보라고 했을 때 '차라리 죽으라고 하십쇼!'라고 소리를 질렀으니까요. 하하하. 가끔 오토바이를 타고 다니는 외국인을 보면 '한번 시도해 볼까?'라고 잠깐 생각해본 적은 있지만 그래도 이건 아니라고 고개를 절레절레 저었지요.

그러다가 하루는 나나의 오토바이를 탄 적이 있습니다.

조그만 나나의 체구와 걸맞지 않은 스쿠터 옆에서 한참을 안절부절못 했습니다. 이 소녀가 과연 나를 여기까지 살게 할 것인가 아니면 내일의

소중함을 알려 줄 것인가 라며 혼자서 중얼대고 있을 때 나나는 저에게 헬멧을 던져 주면서

―안 탈 거야?

라고 터프하게 오토바이 시동을 걸었습니다.

'어머~ 이 언니 터프해. 멋져!'

나도 모르게 홀린 듯 뒤에 앉았을 땐 이미 늦었습니다. 오토바이는 '부앙' 하고 달리기 시작했고 저는 나나의 어깨를 저도 모르게 꽈악 잡았습니다.

―아유! 좀 가만히 있어!

라고 핀잔 주는 나나를 무시하고 으아아아아앙 하면서 나나의 오토바이에 제 목숨을 맡겼습니다.

어랏? 의외로 안전운전에 조심히 잘 다닙니다?

저는 곧 안도감이 들었고 드라이브를 만끽하기 시작했습니다. 그러다가 신호등에 정차를 하였는데….

주위 모든 오토바이 운전자들이 저를 보고 있었습니다.

왜일까? 헬멧을 쓰고 있어서 내가 외국인이라는 것도 잘 모를 텐데···. 아니 외국인이라도 이렇게 신기하게 쳐다보지 않았···.

아···.

나나의 뒤에 타고 있는 저는 저의 가슴팍 밖에 오지 않는 나나의 등에 실려 가는 마치···.

— 나나야. 사람들이 날 쳐다봐.
— 오빠가 크니까 그렇지. 신경 쓰지 마!

아니 근데
날 마치 아파토사우루스를 보듯이 우러러보고 있는데 어떻게 신경을 안 쓰냐···.

23

에피소드 #10 : I am groot!

나나는 영화를 보면 참 리액션이 엄청납니다. 외국인 제스처라고 해야 하나요? 화끈한 액션이 나오면 손짓 발짓하면서 엄청 신 나게 봅니다. 이걸 글로 설명하기가 어렵네요! 하하하하.

그렇게 영화의 집중을 잘하는데….

〈가디언즈 오브 갤럭시〉를 보러 갔을 때입니다.

보고 나와서

— (초이) 와 진짜 재밌었다. 그지?

— (나나) I am groot!

— (초이) 어?

— (나나) I am groot….

— (초이) 어어 그래, 너 그루트 닮았다….

— (나나) No! I am groot!!!

— (초이) 뭐라는 거야…?

— (나나) I! am! grooooot!

그날 하루 종일 'I am groot.' 소리를 들었습니다.

24

에피소드#11 : 벌레다!

나나와 제가 거리에서 둘이 서서 마주 보고 오늘 저녁에 어딜 가 볼 건지 고민하고 있었습니다.

근데! 그때!

진짜!

손바닥만 한 바퀴벌레가!!

나나에게 빠르게 다가가고 있는 겁니다!

우리 작은 소녀 나나가 바퀴벌레는 보면 얼마나 놀라고 무서워할까 걱정되는 마음에 소리를 질렀습니다!

—조심해! 바퀴 벌….

우리 작고 가여운 하노이에 사는 소녀 나나는 자기 발아래 바퀴벌레를 보더니….

아주 아무렇지 않듯이

마치 박지성이 문전 앞에서 침착하게 골을 넣듯이

하노이 오른발의 마법사는 바로 나야 나, 라는 킥으로 바퀴벌레를 툭 차버렸습니다.

바퀴벌레는 아름다운 포물선을 그리며 하수구에 빠졌고 저는 그 장면을 보고는 "어억…." 하면서 얼빠진 얼굴로 서 있었습니다.

나나는 아무렇지 않다는 듯 이야기를 이어가려 하다가 제 얼굴을 보고는

— 뭐야? 오빠 바퀴벌레 무서워?

하면서 킥킥거렸습니다.

아니….

네가 더 무서워서 그래….

25

에피소드#12 : 밤하늘 은하수

— 오빠 하노이는 별이 잘 안 보여.

— 그래? 의외네?

— 아니야 공기가 너무 안 좋아. 그래서 난 어렸을 때부터 은하수를 보고 싶
었어.

— 은하수? 나 한국 고향 가면 잘 보여?

— 정말?

— 응. 거긴 시골이라 공기도 맑고 좋거든.

— 나 그곳에 갈 수 있는 날이 올까?

— 물론 당연하지.

나나는 배시시 웃었습니다.

— 작은 동산도 있어?

—응 있지.

—거기에 누워서 밤하늘 별 볼 수 있어?

—응 있지. 그리고 많은 벌레와 모기도 볼 수 있지.

—에이 그 정도는 뭐.

흠.

—손바닥만 한 나방이 네 입으로 들어가는 모습을 내가 볼 수도 있어.

—오빠. 진짜 밉다….

흠.

진짠데…. 그래서 내가 잘 안 가, 거기.

26

에피소드 #13 : 삼촌

나나와 은행을 갔을 때입니다. 베트남에는 한국의 은행이 두 개가 진출해 있는데 그중 하나가 제 메인 은행이라 통장을 개설하러 갔습니다.

그 은행은 한국어가 가능한 직원분이 계셨죠.

은행 계좌를 개설하고 은행 계좌 개설 경험이 없는 나나에게 베트남어로 설명을 부탁드렸습니다. 한참 설명을 듣던 나나가 갑자기 풋! 하고 웃었습니다. 은행을 나오던 길에 물었습니다.

— (초이) 아까 갑자기 왜 웃은 거야?
— (나나) 아 아까 직원분이 '삼촌분이 조카분께 계좌 신청방법 알려 드리라고 했어요.'라고….
— (초이) …뭐?
— (나나) 삼촌이래. 헤헤헤헤헤헤!
— (초이) ……뭐??

27

에피소드#14 : 나나 친구

나나가 친한 친구에게 우리 이야기를 들려주었다고 했습니다. 나나의 친구는 "어디서 그런 한국 드라마 주워다가 니 이야기처럼 꾸미지 마!"라고 했답니다.

나나는 거짓말 아니라고 하면서 저의 사진과 증거(?)들을 보여 주었다고 합니다. 그러자 친구는 엄청 큰소리로 소리를 질렀다고 합니다.

— 으악! 말도 안 돼! 이게 실화라고!? 그것도 니 이야기라고??

그때 주위 사람들 전부 나나를 쳐다보고 있었다고 하더군요.

나나는 그렇게 황당해 있는 친구를 두고 창피해서 자리에서 얼른 일어났다고 합니다.

나나 친구로 인해 우리 스토리는 나나 주변인들에게 꽤 유명한 이야기가 되었습니다. 하하.

28

에피소드 #15 : 당신은 좋은 사람

제가 하노이에 있을 때 묵었던 호텔은 작은 호텔이지만 참 깔끔해서 마음에 들었었습니다. 조식도 아주 맛있었고 직원들도 매우 친절했지요. 저는 그 호텔에 5개월 이상을 묵었기 때문에 호텔 직원들과 상당히 친하게 지냈지요. 호텔 직원들도 나나를 많이 보았기에 저와 나나의 관계도 알고 있었지요.

나나를 호텔 로비에서 기다리고 있을 때였습니다. 평소 저와 자주 이야기 나누던 호텔 남자 직원이 저에게 슬쩍 다가왔습니다.

— 안녕하세요? 미스터 초이?
— 아, 안녕하세요~.

우린 늘 그렇듯 서로 농담을 좀 하다가 직원이 물었습니다.

—여자친구 기다리나요?

저는 부끄럽게 웃으면서 고개를 끄덕였습니다. 그런 저의 모습을 보면서 직원도 하하 웃었습니다.

—미스터 초이 여자친구 분, 참 이쁜 분인 거 같아요.
—고마워요!

내 칭찬도 아닌데 마치 내 칭찬을 들은 듯 조금 으쓱거리고 있었습니다.

—미스터 초이, 언제 한국에 돌아가지요?
—아…. 2일 뒤네요?

직원은 약간 뜸을 들이더니 조심스레 물었습니다.

—미스터 초이, 그녀에게 곧 이별 인사를 할 건가요?

응? 이별이라니?
저는 소파에서 약간 몸을 일으켜서 "Excuse me?"라고 되물었습니다.

—그녀와 이별할 건가요?

직원은 다시 한 번 물었습니다. 그런 질문이 저는 조금 무례하게 들렸습니다. 사생활을 캐묻는 게 기분 나쁜 게 아니라 이별이라고 한 것이 기분 나빴습니다.

저는 진지하게 대답했습니다.

— 절대 이별할 생각이 없어요. 전 그녀를 진지하게 만나고 있어요. 그리고 어떻게든 둘이 계속 함께하도록 노력할 거예요. 우린 절대 이별하지 않을 거예요.

그 직원은 다시 조심스레 말했습니다.

— 저는 호텔에서 일하면서 많은 외국인을 보았습니다. 그리고 많은 베트남 여자를 끼고 다니는 외국인도 보았지요. 그들은 절대 돌아오지 않았어요. 저는 베트남 사람으로서 좋게 생각하지 않았어요. 우리 베트남 여자들이 놀아나는 거 같았어요. 제 직업상 눈을 감아줘야 하는 데도 말이지요.

아…. 그렇죠. 저도 한국에서 클럽에서 외국인이 한국여자 두세 명 끼고 술 취해 돌아다니는 걸 좋아하지 않으니까요. 충분히 그 마음 이해했습니다.

직원은 방긋 웃더니 말했습니다.

— 미스터 초이는 그럴 사람 아닐 거 같았습니다. 그래서 용기 내서 물어보았어요. 제가 당신을 보는 게 맞는 건지 알고 싶었어요.

하하하. 멋쩍은 웃음만 지었지요. 나름 시험했다고 생각이 들고 기분 나쁠 수 있었지만 그렇진 않았습니다. 저도 이해했거든요.

— 미스터 초이는 좋은 사람이에요. 두 분이서 꼭 행복하길 진심으로 빌겠습니다.

하하하….

고마워요. 내 친구여.
당신 말처럼 좋은 사람은 아닐지라도 늘 노력할게요.
고마워요.

29

에피소드 #16 : 한국어 공부

나나는 꿈이 없었습니다. 공부하라고 해서 공부를 했고 영어가 중요하다고 해서 영어를 배웠죠. 그저 발아래만 생각하고 먼 곳은 보지 않았습니다.

그런 나나가 최근에 저에게 말했습니다.

— 진심으로 한국에서 공부하고 일하고 싶어.

굳이 나 때문이 아니더라도 자신이 동경하던 나라에서 공부하고 일하려는 목표가 생겼습니다.

물론 원인 제공은 저였겠지만요.

그래서 지금 나나는 유학을 알아보고 있습니다. 저도 백방으로 알아보고 있고요.

한국어 공부를 시작했습니다. TOPIK을 위해서요.

물론 영어공부도 소홀하지 않고 있습니다. 토익 점수도 올리고 싶어 하거든요.

꿈이 생긴 나나를 보면서

자랑스러우면서도 한편으로는 걱정되기도 하지만

— 걱정 마! 난 할 수 있어. 기다리고 있어.

라는 말을 해 주었습니다.

물론 빠른 시일에는 가능하지 못하겠지만, 그래도 좋습니다.

나나가 꿈이 생겼다는 것에 저는 상당히 기뻐하고 있습니다.

그리고 저도 무슨 일이든 열심히 해서 나나에 걸맞은 남자가 되려고 노력 중이고요.

이제 저희는 같은 미래를 향한 첫걸음은 내 디뎠습니다.

혹시 좋은 학교나 유학 정보가 있으면 저에게 알려 주세요!!

30

에피소드 #17 : 시작

어느 날인가 나나가 저에게 이야기했습니다.

— (나나) 오빠 내가 이야기 하나 해 줄까?

— (초이) 헤어지잔 이야기 또 하면 널 때리겠다.

— (나나) 그런 거 아니야! 이제 절대 그런 말 안 한다고 했잖아!

— (초이) 하하, 알겠어! 무슨 이야기야?

나나는 잠시 나를 지긋이 바라보더니
저의 어깨에 기대어서 이야기를 시작했습니다.

— 내가 커피숍에서 일하고 있을 때였어…. 어떤 키 큰 남자가 커피숍으로
　들어왔지. 그 남자는 카키색 야상을 입고 있었고 한국 사람이었어.
　처음에는 그 남자가 눈에 들어오지 않았지만, 시간이 갈수록 그 남자가

많이 생각나더라. 비 오는 날에도 좋은 날에도 항상 그 남자는 한자리에만 앉아 있었고 어쩌다 그 남자가 오지 않으면 난 그 사람이 언제 오나 기다리고 있었어.

그러던 어느 날
남자가 나에게 초콜릿을 주고 웃어 주었을 때
난 그 사람을 좋아하게 됐어.
그 남자 이름이 초이야.

네. 그렇습니다.
나나가 저에게 들려준 저 이야기가
이 글을 쓰게 된 계기가 되었습니다.

나나가 저 이야기를 들려주었을 때
잘 쓰지 못하는 글재주로 우리의 이야기를 남기고 싶었습니다.
그리고 이 이야기가 많이 많이 사람들에게 오르내려서
나의 마음이 정말 진심이고
나나를 정말 사랑하고 있다는 걸 많은 사람에게 알려 주고 싶었습니다.
그리고 나나에게도 알려 주고 싶었습니다.

그렇게 한 달, 두 달 가까운 이 이야기는 여기서 끝이 나지만 저희의 이야기는 여기서 시작입니다.

새드엔딩이 되었든 해피엔딩이 되었든 아직 알 수는 없지만 나나와 초이는 손을 마주 잡고 둘의 사랑 이야기를 시작하려 합니다.

 지금까지 '하노이 소녀, 나나'를 읽어주시고 사랑해 주신 모든 분들 감사드립니다.
 이 이야기는 하노이에서 있었던 한 소녀와 저의 사랑이야기입니다.

제9요일 이봉호 지음 | 280쪽 | 15,000원

4차원 문화중독자의 창조에너지 발산법 천 개의 창조에너지가 비수처럼 숨어 있는 책! 창조능력을 끌어올리는 세상에서 가장 쉬운 방법이 소개되어 있다. 음악, 영화, 미술, 도서, 공연 등의 문화콘텐츠로 우리 삶뿐 아니라 업무능력까지 향상시키는 특급비결을 일러준다.

광화문역에는 좀비가 산다 이봉호 지음 | 240쪽 | 15,000원

4차원 문화중독자의 좀비사회 탈출법 대한민국의 현주소는 탈진사회 1번지! 천편일률적인 탈진사회의 감옥으로부터 손쉽게 탈출하는 방법을 담고 있다. 무한속도와 무한자본, 무한경쟁에 함몰된 채 주도권을 제도와 규율 속에 저당 잡힌 이들의 심장을 향해 날카로운 일침을 날린다.

나는 독신이다 이봉호 지음 | 260쪽 | 15,000원

자유로운 영혼의 독신자들, 독신에 반대하다! 치열한 삶의 궤적을 남긴 28인의 독신이야기! 자신만의 행복한 삶을 창조한 독신남녀 28人을 소개한다. 외로움과 사회의 터울 속에서 평생을 씨름하면서도 유명한 작품과 뒷이야기를 남긴 그들의 스토리는 우리의 심장을 울린다.

H502 이야기 박수진 지음 | 284쪽 | 15,000원

어떻게 하면 살아남을 수 있을까? 낙오하는 즉시 까마귀밥이 되는 끔찍한 삶을 사는 장수풍뎅이들. 매일 살벌한 싸움을 할 수밖에 없는 상자 속은 마치 인간사회의 단면 같다. 주인공인 H502 장수풍뎅이는 그 안에서 피나는 노력 끝에 능력과 힘을 키우며 점점 강해지고 단단해지는 법을 익힌다. 그러던 어느 날 상자 밖으로 탈출할 절호의 기회가 찾아오는데 과연….

나쁜 생각 이봉호 지음 | 268쪽 | 15,000원

4차원 문화중독자의 세상 훔쳐보는 방법 컬처홀릭의 작지만 발칙한 중독일기 41 . 미련하게도 인간 스스로 자유와 행복을 구속하기에 복잡다단한 삶 속에서 중독의 지배를 받는다. 악성중독균과 쓸 만한 중독균을 비교분석해 당신의 미래를 꿈꾸게 하고 삶을 지탱하는 힘을 줄 것이다.

그는 대한민국의 과학자입니다 노광준 지음 | 616쪽 | 20,000원

황우석 미스터리 10년 취재기 세계를 발칵 뒤집은 황우석 사건의 실체와 그 후 황 박사의 행보에 대한 기록. 10년간 연구를 둘러싸고 처절하게 전개된 법정취재, 연구인터뷰, 줄기세포의 진실과 기술력의 실체, 죽은 개복제와 매머드복제 시도에 이르는 황 박사의 최근근황까지 빼곡히 적어놓았다.

대지사용권 완전정복 신창용 지음 | 508쪽 | 48,000원

고급경매, 판례독법의 모든 것! 대지사용권의 기본개념부터 유기적으로 얽힌 공유지분, 공유물분할, 법정지상권 및 관련실체법과 소송법의 모든 문제를 꼼꼼히 수록. 판례원문을 통한 주요판례 분석 및 해설, 하급심과 상고심 대법원 차이, 서면작성 및 제출방법, 민사소송법 총정리도 제공했다.

음악을 읽다 <small>이봉호 지음 | 221쪽 | 15,000원</small>

4차원 음악광의 전방위적인 음악도서 서평집 40 음악중독자의 음악 읽는 방법을 세세하게 소개한다. 40권의 책으로 '가요, 록, 재즈, 클래식' 문턱을 넘나들며, 음악의 신세계를 탐방한다. 신해철, 밥 딜런, 마일스 데이비스, 빌 에반스, 말러, 산중현, 이석원을 비롯한 수많은 국내외 뮤지션의 음악이야기가 담겨 있다.

남편의 반성문 <small>김용원 지음 | 221쪽 | 15,000원</small>

잘못된 결혼습관, 바로 잡을 수 있다! 일상을 들여다보고 잘못된 결혼습관이 있다면 지금 당장 버려라. 부부의 이름으로 살다가 실패한 수백 쌍의 이혼사례로부터 얻은 '결혼생활을 지키기 위해 조심해야 할 행동유형 지침'을 공개했다. 알면 지킬 수 있고, 모르면 망치게 된다. 모든 남녀문제가 술술 풀린다.

몸여인 <small>오미경 지음 | 서재화 감수 | 239쪽 | 14,800원</small>

자녀와 함께 걷는 동의보감 길! 동의보감과 음양오행 시선으로 오장육부를 월화수목금토일, 7개의 요일로 나누어 몸여행을 떠난다. 몸 중에서도 오장(간, 심, 비, 폐, 신)과 육부(담, 소장, 위장, 대장, 방광, 삼초)가 마음과 어떻게 연결되고 작용하는지 오장육부와 인문학 여행으로 자세히 탐험한다.

대통령의 소풍 <small>김용원 지음 | 205쪽 | 12,800원</small>

노무현을 다시 만나다! 우리 시대를 위한 진혼곡 노무현 대통령을 모델로 삶과 죽음의 갈림길에 선 인간의 고뇌와 소회를 그렸다. 대통령 탄핵의 실체를 들여다보고 우리의 정치현실을 보면서 인간 노무현을 현재로 불러들인다. 작금의 현실과 가정을 들이대며 역사 비틀기와 작가적 상상력으로 탄생한 정치소설이다.

어떻게 할 것인가 <small>김무식 지음 | 237쪽 | 12,800원</small>

포기하지 않는 자들의 자문법 정상에 오르기 위해 스스로를 연마하고 자기와의 싸움에서 승리한 자들의 인생지침을 담았다. 절대로 포기하지 않고 끈질기게 도전하면서 할 수 있다는 자신감과 열정을 끌어올린 이들의 자문자답 노하우를 익힐 수 있다. 포기하지 않는 한 누구에게나 기회는 있다. 공부하고 인내하면서 기회를 낚아챌 준비를 하라. 당신에게도 신의 한 수는 남아 있다!

탈출 <small>신창용 지음 | 221쪽 | 12,800원</small>

존재의 조건을 찢는 자들 자본의 유령에 지배당하는 나라 '파스란'에서 신분이 지배하는 나라인 '로만'에 침투해, 로만의 절대신분인 관리가 되고자 진력하는 'M'. 하지만 현실은 그에게 등을 돌리고 그를 비롯한 인물들은 저마다 가진 존재의 조건으로부터 탈출하려고 온몸으로 발버둥치는데…. 그들은 과연 후세의 영광을 위한 존재로서 역사의 시간을 왔다가는 자들인가 아닌가…

흔들리지 않는 삶은 없습니다 <small>김용원 지음 | 187쪽 | 12,800원</small>

나를 지탱해주는 것들 100 한 걸음 앞으로 내딛으며 좌로 한 번, 우로 한 번 흔들리며 몸부림쳤던 노력의 발자취를 기록. 성공적인 삶을 살기 위해 힘쓴 성찰의 결과물로 정곡을 찌르는 정수를 맛볼 수 있다. 하나를 보더라도 유심히 관찰하면 세상 돌아가는 시스템의 본질과 구조를 들여다볼 수 있다. 깊이 공감하여 실천에 이른다면 당신은 성공할 것이고 그 성공은 지속될 것이다.

STICK

사랑합니다, 스틱! 스틱은 당신을 응원합니다. 가까이 있는 당신을 생각합니다. 멀리 있는 그대를 그리워합니다. 가족을 사랑합니다.

이 책을 읽을
당신과 함께
하고 싶습니다!

stickbond@naver.com

이 책을 읽은
당신과 함께
하고 싶습니다!